U0505239

文
景

———

Horizon

Der Untergeher
沉落者

Thomas Bernhard

[奥地利] 托马斯·伯恩哈德 著

马文韬 译

上海人民出版社

目　录

特立独行的伯恩哈德——伯恩哈德作品集总序

　　托马斯·伯恩哈德（1931—1989）是奥地利最有争议的作家，对他有很多称谓：阿尔卑斯山的贝克特、灾难作家、死亡作家、社会批评家、敌视人类的作家、以批判奥地利为职业的作家、夸张艺术家、语言音乐家等。我以为伯恩哈德是一位真正富有个性的作家。叔本华曾写道："每个人其实都戴着一张面具和扮演一个角色。总的来说，我们全部的社会生活就是一出持续上演的喜剧。"[1]伯恩哈德是一位憎恨面具的人。诚然，在现实社会中，绝对无遮拦是不可能的，正如伯恩哈德所说："您不会清早起来一丝不挂就离开房间到饭店大厅，也许您很愿意这样做，但您知道是不可以这样做的。"[2]是否可以说，伯恩哈德是一个经常丢掉面具的人。1968 年在隆重的奥地利国家文学奖颁奖仪式上，作为获奖者的伯恩哈德在致辞时一开始便说"想到死亡，一切都是可笑的"，接着便如他在其作品中常做的那样

1　叔本华：《叔本华思想随笔》，韦启昌译，上海人民出版社，2003 年，第 106 页。

2　Thomas Bernhard, *Gespraeche mit Krista Fleischmann*, Suhrkamp, 2006, p.43.

批评奥地利，说"国家注定是一个不断走向崩溃的造物，人民注定是卑劣和弱智……"，结果可想而知，文化部长拂袖而去，文化界名流也相继退场，颁奖会不欢而散。第二天报纸载文称伯恩哈德"狂妄"，是"玷污自己家园的人"。同年伯恩哈德获安东·维尔德甘斯奖，颁奖机构奥地利工业家协会放弃公开举行仪式，私下里把奖金和证书寄给了他。自1963年发表第一部长篇散文作品《严寒》后，伯恩哈德平均每年都有一两部作品问世，1970年便获德国文学最高奖——毕希纳奖。自1970年代中期，他公开宣布不接受任何文学奖，他曾被德国国际笔会主席先后两次提名为诺贝尔文学奖候选人，他说如果获得此奖他也会拒绝接受。不俗的文学成就，使他登上文坛不久便拥有了保持独立品格所必要的物质基础，使他能够做到不媚俗，不迎合市场，不逢迎权势，不为名利所诱惑，他是一个连家庭羁绊也没有的、真正意义上的富有个性的自由人。如伯恩哈德所说："尽可能做到不依赖任何人和事，这是第一前提，只有这样才能自作主张，我行我素。"他说："只有真正独立的人，才能从根本上做到真正把书写好。"[1]"想到死亡，一切都是可笑的。"伯恩哈德确曾很早就与死神打过交道。1931年，

1　Thomas Bernhard, *Gespraeche mit Krista Fleischmann*, Suhrkamp, 2006, p.110.

怀有身孕的未婚母亲专门到荷兰生下了他，然后为不耽误打工挣钱，把新生儿交给陌生人照料，伯恩哈德上学进的是德国纳粹时代的学校，甚至被关进特教所。1945年后在萨尔茨堡读天主教学校，伯恩哈德认为，那里的教育与纳粹教育方式如出一辙。不久他便弃学去店铺里当学徒。没有爱的、屈辱的童年曾使他一度产生自杀的念头。多亏在外祖父身边度过的、充满阳光的短暂岁月，让他生存下来。但长期身心备受折磨的伯恩哈德，在青年时代伊始便染上肺病，曾被医生宣判了"死刑"，他亲历了人在肉体和精神瓦解崩溃过程中的毛骨悚然的惨状。根据以上这些经历，他后来写了自传性散文系列《原因》《地下室》《呼吸》《寒冷》和《一个孩子》。躺在病床上，为抵御恐惧和寂寞他开始了写作，对他来说，写作从一开始就成为维持生存的手段。伯恩哈德幸运地摆脱了死神，同时与写作结下不解之缘。在写作的练习阶段，又作为报纸记者工作了很长时间，尤其是报道法庭审讯的工作，让他进一步认识了社会，看到面具下的真相。他的自身成长过程和社会经历构成了他写作的根基。

说到奥地利文学，在第二次世界大战后，要首先提到两位作家的名字，这就是托马斯·伯恩哈德和彼得·汉德克，他们都在1960年代登上德语国家文坛。伯恩哈德1963

年发表《严寒》引起文坛瞩目，英格博格·巴赫曼在论及伯恩哈德 1960 年代的小说创作时说："多年以来人们在询问新文学是什么样子，今天在伯恩哈德这里我们看到了它。"汉德克 1966 年以他的剧本《骂观众》把批评的矛头对准传统戏剧，指出戏剧表现世界应该不是以形象而是以语言；世界不是存在于语言之外，而是存在于语言本身；只有通过语言才能粉碎由语言所建构起来的、似乎固定不变的世界图像。伯恩哈德和汉德克的不俗表现使他们不久就被排进德语国家重要作家之列，并先后于 1970 年和 1973 年获得最重要的德国文学奖——毕希纳奖。如果说直到这个时期两位作家几乎并肩齐名，那么到了 1980 年代，伯恩哈德的小说、自传体散文以及戏剧的成就，特别是在他去世后的 1990 年代，超过了汉德克，使他成为奥地利最有名的作家。正如德国文学评论家赖希-拉尼茨基所说："最能代表当代奥地利文学的只有伯恩哈德，他同时也是我们这个时代德语文学的核心人物之一。"伯恩哈德创作甚丰，他 18 岁开始写作，40 年中创作了 5 部诗集、27 部长短篇散文作品（亦称小说）、18 部戏剧作品，以及 150 多篇文章。他的作品已译成 40 多种文字，一些主要作品如《历代大师》《伐木》《消除》《维特根斯坦的侄子》等发行量早已超过 10 万册，他的戏剧作品曾在世界各大主要剧场上演。伯恩哈德逝世后，他的戏剧作品在不断增加，原本被称为散文作品或小说的《严寒》《维特根斯坦的侄子》《水泥地》和《历代大师》等先后被搬上了舞台。

以批判的方式关注人生（生存和生存危机）和社会现实（人道与社会变革）是奥地利文学的传统，伯恩哈德是这个文学链条上的重要一环。如果说霍夫曼斯塔尔指出了普鲁士式的僵化，霍尔瓦特抨击了市侩习性，穆齐尔揭露了典型的动摇不定、看风使舵的卑劣，那么伯恩哈德则剖析了习惯的力量，讽喻了对存在所采取的愚钝的、不加任何审视和批评的态度。他写疾病、震惊和恐惧，写痛苦和死亡。他的作品让人们看到形形色色的生存危机，以及为维护自我而进行的各种各样的努力和奋斗。这应该说不是文学的新课题，但伯恩哈德的表现方法与众不同，既不同于卡夫卡笔下的悖谬与隐喻，也不同于荒诞派所表现的要求回答意义与世界反理性沉默之间的对峙。伯恩哈德把他散文和戏剧中人物的意图和行为方式推向极端，把他们那些总是受到威胁、受到质疑的绝对目标，他们的典型的仪式，最终同失败、可悲或死亡联系在一起。他们时而妄自尊大，时而失落可怜；他们所面临的深渊越艰险，在努力逃避时就越狼狈。如果说伯恩哈德早期作品中笼罩着较浓重的冷漠和严寒气氛，充斥着太多的痛苦、绝望和死亡，那么在后期作品中，他常常运用的、导致怪诞的夸张中，包含着巧妙的具有挑战性的幽默和讽刺。这种夸张来自严重得几乎令人绝望的生存危机，反过来它也是让世界和人变得可以忍受的唯一的途径。伯恩哈德通过作品中的人物说，我们只有把世界和其中的生活弄得滑稽可笑，我们才能生活下去，没有更好的方法。从这个意义上说，夸张也是克服生存危机的主要手段。

让我们先概略地了解一下他的主要作品的内容，虽然介绍作品的大致情节实际上不能很好地说明他的作品，因为他的作品，无论有时也称作小说的散文，还是戏剧，都不注重情节的建构。

他的成名作是小说《严寒》（1963），情节很简单：外科大夫委托实习生去荒凉的山村观察隐居在那里的他的兄弟——画家施特劳赫。26 天的观察日记和 6 封信就是这部小说的内容，作为故事讲述者的实习生，随着观察感到越来越被画家的思路所征服，好像进入了他的世界。通过不断地引用画家的话，他的独白，展示了他的彷徨、迷惘，他的痛苦和绝望。他不能像他做医生的兄弟那样有成就，因为他的敏感和他的想象使他无法忍受自然环境的残暴。建造工厂带来的污染使他呼吸不畅；战争中大屠杀留下的埋人坑，让他感到空气似乎都因死者的叫喊而震颤。孤独、失败和恐惧使他愤懑，于是他便用漫无边际的谩骂和攻击来解脱。最后他失踪在冰天雪地里。事实表明，他的疾病是精神上的，他整个人都在瓦解，好像在洪水冲刷下大山的解体。

他的第二部长篇《精神错乱》(1967)可以作为第一部长篇的延伸，是直面瓦解和死亡的一部作品。医生欲让读大学的儿子了解真实的世界，便带他出诊。年轻人客观地叙述他所见到的充满愚钝、疾病、苦痛、疯癫和暴力的世界。他所见到的人，或者肉体在瓦解、在腐烂，如磨坊主一家；或者像把自己关在城堡里的、精神近于错乱的侯爵骚劳，他见到医生无法自制，滔滔不绝讲述起世界的可怕和无法理解。这个世界是一座死亡的学校，到处是冰冷、病态、癫狂和混乱，树林上空飞着鲨鱼，人们呼吸的是符号和数字，概念成了我们世界的形式。骚劳侯爵那段长达100多页的独白，像是精神分裂者颠三倒四的胡说八道，实际上是为了呼吸不停顿、为了免得窒息而亡的生存方式。长篇《石灰厂》(1970)的主人公退居到一个废弃的石灰厂里从事毕生所追求的关于听觉的试验。在深知自己无力完成这项试验后，他杀死了残疾的妻子，结束了自己的生命。长篇《修改》(1975)中，家道殷实的主人公不去管理家业，却专心致志耗费大量资金为妹妹造一座圆锥体建筑物，建成后，妹妹走进去却突然死亡。一心想让妹妹在此建筑中幸福生活的建造者，也随之结束了自己的生命。《水泥地》（1982）的主人公计划写一篇关于一位作曲家的学术论文，但姐姐的来访和离去都使他无法安心写作，于是他便出去旅行，期望能在旅行中安静思考。在旅馆里他想起一年半前在此度假的一个不幸的女人，她的丈夫在假期中坠楼身亡。主人公到墓地发现，墓碑上这个男人姓名的旁边竟然刻着那女人的名字。回到旅馆后他心中再也无法平静。音乐评论家雷格尔是《历代大师》（1985）的主人公，定期到艺术史博物馆坐在展览厅里注视同一幅油画。他认为只要下功夫去寻找，任何大师的名作都有缺点，而只有找出他们的缺点，他们才是可以忍受的。他恨他们同时他又感谢他们，是他们使他留在了这个世界上。但当他的妻子去世时，他才发现，使自己生活在这个世界上这么久的其实不是历代大师，而是他的妻子，他唯一的亲人。《消除》（1986）的主人公木劳为拯救他的精神生活，必须离开他成长的家乡。由于父母（当过纳粹）和兄弟遇车祸死亡，他不得不返乡。这次逗留使他看得更清楚，必须永远离开他的出生之地。他决定去描写家乡，目的是打破普遍存在的对纳粹那段历史的沉默，把所描写的一切消除掉，包括一切对家乡的理解和家乡的一切。《消除》使人想起了许多纳粹时代的、人

8

们业已忘记了的罪行。传统的权威式教育，以及天主教与哈布斯堡王朝的合作，伤害了人们的思考能力，奥地利民族丧失了精神，成为彻底的音乐民族。

以破坏故事著称的伯恩哈德，他那有时也被称为小说的长篇散文当然没有起伏跌宕的情节，但是他对人们弱点的揶揄，对世间弊端的针砭，对伤害人性的习俗和制度的抨击，对人生的感悟，的确能吸引读者，让读者在阅读过程的每个片段都能得到启发。比如《水泥地》中对医生的批评，对慈善机构的斥责，对所谓对动物之爱的质疑，以及对不赡养老人的晚辈的讽刺；《历代大师》中对艺术人生的感悟，对社会上林林总总文化现象的思索，对社会进步的怀疑——吃的食物是化学元素，听的音乐是工业产品，以及对繁琐、冷漠的官僚机构的痛斥，等等。伯恩哈德作品的另一特点是诙谐和揶揄，把夸张作为艺术手段。比如对于《历代大师》中对包括歌德和莫扎特在内的大师们的恶评，在阅读时就不能断章取义，也不能停留在字面上，应该读出作者的用心，一方面是让人破除迷信，另一方面以此披露艺术评论家的心态，揶揄他们克服生存危机的方式。他对家乡、对他的祖国奥地利大段大段的抨击也是如此。奥地利不是像作品中所说的纳粹国家，但纳粹的影响确实没有完全消除；维也纳不是天才的坟墓，但这里的狭隘和成见也的确让许多天才艺术家出走。他的小说不能催人泪下，但能让你忍俊不禁，让你读到在别人的小说里绝对读不到的文字，从而思路开阔，有所感悟。

伯恩哈德的戏剧作品中主人公维护自尊自立、寻求克服生存危机的方式，不像他小说的主人公那样，把自己关闭在一个地方离群索居，或在广漠的乡村，或在一座孤立的建筑物中，不能不为一个计划、一个目标全力以赴，其结局或者怪诞，或者遭遇不幸和失败；而是运用仪式和活动，他们需要别人参加，而这些人到头来并不买账，于是主人公的意图、追求的目标往往以失败告终。比如他的第一个剧本《鲍里斯的节日》（1970）中，主人公是一个失去双腿的女人，她把失去双腿的鲍里斯从残疾人收养院里接了出来并与其结婚。女人强烈地想要摆脱不能独立、只能依赖他人的处境，于是便举行庆祝鲍里斯生日的仪式。她从残疾人收养院里请来 13 位没有双腿的客人，满足她追求与他人处境相同的欲望，对她的健康女仆百般虐待凌辱，并令其在仪式上坐轮椅，通过对他人的贬低和奴役来克服自己可怜无助的心态，通过施恩于更可怜的人得到心理上的满足。这一天不是鲍里斯的节日，而是女主人公的节日，鲍里斯在仪式结束时突然死去。1974 年首演于萨尔茨堡的《习惯的力量》中，主人公马戏班班主、大提琴师加里波第，为了克服疾病、衰老和平庸混乱的现状，决定组织一个演奏小组，让马戏班的小丑、驯兽师、杂耍演员以及自己的外孙女同他一起精心排练演出弗兰茨·舒伯特的《鳟鱼五重奏》。他利用自己的权力，恩威并施地去实现这个理想，年复一年怪诞的演练变成了马戏班的常规。目的不见了，习惯掌握了权力。尽管演奏组成员不能挣脱最基本的习性和需求，排练经常变成相互厮打，与意大利民族英雄加里波第同名的马戏班班主成了习惯力量控制的奴隶。在1974年首演于维也纳城堡剧院的《狩猎的伙伴们》中，一位只配谈论死亡供人消遣的戏剧家，在将军的狩猎屋里与将军夫人打牌，谈论将军的重病，以及当初曾为将军提供庇护的这座森林发生的严重虫灾。在斯大林格勒失掉一条胳膊的将军，有权有势的强者，在听到作家告诉他其妻一直隐瞒的真相后开枪自杀了。所谓的生存的主宰者自己反倒顷刻间毁灭，怀疑、讽刺生存境况者却生存下来。剧本《伊曼努尔·康德》（1978）中，日趋衰老的哲学家康德偕夫人，有仆人带着爱鸟鹦鹉跟随，前往美国去治疗可能会导致失明的眼病，在船上遇到各种人物：百万富婆、艺术收藏家、主教、海军将领等。在他们的日常言谈话语中隐藏着残忍和偏执。作为和谐和人道思想代表的康德，在客轮鸣笛和华尔兹舞曲的干扰中开始讲课。除了他的鹦鹉，他的关于理性的讲课没有听众。轮船到达目的地后，他立即被精神病医生接走。《退休之前》（1979）涉及德国纳粹那段历史，曾是党卫军军官的法庭庭长鲁道夫·霍勒尔与其姐妹维拉和克拉拉住在一起，每年都给纳粹头子希姆莱过生日，他身穿党卫军军官制服，强迫克拉拉穿上集中营犯人的囚服。习惯了发号施令决定他人命运的霍勒尔在家里是两姐妹的权威。一个顺从他，甚至与他关系暧昧；另一个虽然恨他，诅咒他，但又不愿意离开这个家。因为他们都习惯了自己的角色，走不出他们共同演的这出戏。在这一年希姆莱生日的这天，霍勒尔饮酒过量把戏当真了，他大喊大叫不再谨慎小心："我们的好日子回来了，我们有当总统的同事，不少部长都有纳粹的背景。"最后因兴奋激动过度，导致心脏病发作倒下。1985年伯恩哈德的《戏剧人》首演，主人公是一位事业已近黄昏的艺术家，带着他的家庭剧团巡演到了一个小村镇，要在一个简陋的舞厅里演出他的大作《历史车轮》。尽管他架子很大，对演员颐指气使，同时嘴上不断把自己与歌德和莎士比亚相提并论，但他的妻子咳嗽不停，儿子手臂受伤。好歹布置好了舞台，观众也来了百十来人，可惜天不作美，一时间电闪雷鸣，观众大喊牧师院子里着火了，随之一哄而散，演出以失败告终。他不自量力地追求声望，终究未能如愿以偿。《英雄广场》(1988)是伯恩哈德最后一部戏剧作品，犹太学者舒斯特教授在纳粹统治时期流亡国外，战后应维也纳市长邀请返回维也纳，然而当他发现50年来奥地利民众对犹太人的看法并没有任何变化时，便从他在英雄广场旁的住宅楼上跳窗自杀了。其妻在葬礼那天坐在家里，仿佛听到50年前民众在广场上对希特勒演讲发出的欢呼，欢呼声愈来愈响，她终于无法忍受昏倒身亡。教授的弟弟对奥地利这个国家、对奥地利人的批判与其兄相比有过之而无不及，但他是有远见的人，他认为用生命去抗议根本没有用处。

综上所述，我们看到作品中的主人公，或者患病，或者背负着出身的负担，或者受到外界的威胁，或者同时遭受这一切，从根本上危及其生存。于是他们致力于解脱这一切，与出身、传统和其他人分离开来，尽可能完全独立，去从事某种工作，或者追求某种完美的结果。通常他们那很怪诞的工作项目演变成为一种发自内心的强迫，作为绝对的目标，不惜一切代价要去实现，这些现代堂吉诃德式人物的绝对要求、绝对目标最后成为致命的习惯。

关于夸张手法上文已有论述，这里要补充的是，几乎伯恩哈德所有作品中的主人公都有大段的对奥地利国家激烈的极端的抨击，常常表现为情绪激动的责骂，使用的字眼都是差不多的：麻木、迟钝、愚蠢、虚伪、低劣、腐败、卑鄙等。矛头所向从国家首脑到平民百姓，从政府机构到公共厕所。怎样看这些文字？第一，这些责骂并无具体内容，而且常常最后推而广之指向几乎所有国家。第二，这些责骂出自作品人物之口，往往又经过转述，或者经过转述的转述，是他们绝望地为摆脱生存困境而发泄出来的。譬如《水泥地》中的"我"在家乡佩斯卡姆想写论文，多年过去竟然一个字也写不出来，只好去西班牙，于是便开始发泄对奥地利的不满；在《历代大师》中，主人公雷格尔在失去妻子后的悲伤和绝望中，从追究有关当局对妻子死亡的罪责，直到发泄对整个国家的愤怒。第三，这些大段责骂的核心是针对与民主对立的权势，针对与变革对立的停滞，针对与敏感对立的迟钝，针对与反思相对立的忘记和粉饰，以及针对习惯带来的灾难和对灾难的习惯。所以，从根本上说，这些大段的责骂是作为艺术手段的夸张。但是其核心思想不可否认是作者的观点，这也是伯恩哈德作品的核心思想。事实证明，他那执着的，甚至体现在他遗嘱中的、坚持与其批判对象势不两立的立场，对他的国家产生了积极作用：1991年，奥地利总理弗拉尼茨基公开表示奥地利对纳粹罪行应负有责任。

可惜在很长时间里，人们没有真正理解这位极富个性的作家，他的讲话、文章和书籍不断引起指责、抗议乃至轩然大波。早在1955年担任记者时他就因文章有毁誉嫌疑而被控告，从1968年在奥地利国家文学奖颁奖仪式上的获奖讲话中严厉批评奥地利引起麻烦开始，伯恩哈德就成为一个"是非作家"。1975年与萨尔茨堡艺术节主席发生争论；1976年他的书《原因》惹恼了萨尔茨堡神父魏森瑙尔；1978年在《时代周报》上撰文批判奥地利政府和议会；1979年，因不满德国语言文学科学院接纳联邦德国总统谢尔为院士而声明退出该院；同年指名攻击总理布鲁诺·克赖斯基；1984年他的小说《伐木》因涉嫌影射攻击而被警察没收；1988年剧作《英雄广场》在维也纳上演，舞台上，50年前维也纳英雄广场上对希特勒的欢呼声，似乎今天仍然响在剧中人耳畔。该剧公演前就遭到围剿，媒体、某些政界人士，以及部分民众群起口诛笔伐，要取消剧作者的公民资格，某些人甚至威胁伯恩哈德要当心脑袋。公演在推迟了三周后，终于在1988年11月举行，观众十分踊跃。一出原本写一个犹太家庭的戏惊动了全国，乃至世界，整个奥地利成了舞台，全世界是观众。1989年2月伯恩哈德在去世前立下遗嘱：他所有的已经发表的或尚未发表的作品，在他去世后在著作权规定的年限里，禁止在奥地利以任何形式发表。

伯恩哈德去世后，在他的故乡萨尔茨堡成立了托马斯·伯恩哈德协会，在维也纳建立了托马斯·伯恩哈德私立基金会，他在奥尔斯多夫的故居作为纪念馆对外开放。无论在德国还是在奥地利，在纪念他逝世 10 周年暨诞辰 70 周年期间都举办了各种专题研讨会、报告会和展览会。为纪念伯恩哈德诞辰 75 周年，德国苏尔坎普出版社在已出版了 35 种伯恩哈德作品的基础上，于 2006 年又开始编辑出版 22 卷的伯恩哈德全集。

今天人们对伯恩哈德的夸张艺术比较理解了，对他的幽默也比较熟悉了，他的书就是要引起人们注意那些司空见惯的事物，挑衅种种习惯的力量，揭示它们的本来面目。正如叔本华所说："真正的习惯力量，却是建立在懒惰、迟钝或者惯性之上，它希望免去我们的智力、意欲在做出新的选择时所遭遇的麻烦、困难，甚至危险。"[1] 比如某些思想和观念不动声色的延续。"二战"后，人们在学校里悄悄地用基督受难像取代了希特勒肖像，但权威教育没有任何改变。他认为，从哈布斯堡王朝到第三帝国直到今天，都在竭力繁荣那艺术门类中最无妨害的音乐，在动听的乐曲声中几乎没有人发现奥地利很久没有出现像样的哲学家了。"延续不断"是灾难，而破坏、断裂则是幸运。当人们不是从字

1　叔本华：《叔本华思想随笔》，韦启昌译，上海人民出版社，2003 年，第 100 页。

面上，而是深入字里行间，真正理解了他的夸张艺术手段时，便会发现伯恩哈德作品中体现出来的现代精神。他那十分夸张的文字，有时精确得难以置信。1966年他曾写道，我们将融合在一个欧洲里，这个统一的欧洲将在下一世纪诞生。欧洲的发展进程证实了他的预言。难怪著名奥地利女作家巴赫曼早在1969年评价伯恩哈德的作品时就说："在这些书里一切都写得那么准确……我们只是现在还不认识这写得那么准确的事情，就是说，还不认识我们自己。"

伯恩哈德的书属于那种不看则不想看，看了就难以释手的书。

德国文学评论家赖希-拉尼茨基说："有些人读伯恩哈德觉得难受，我属于读他的作品觉得是享受的那些人之列。"[1] 他还说："有人为奥地利文学造出一个新概念：伯恩哈德型作家，这是有道理的。耶利内克、盖·罗特和格·容克，这些知名作家经常在伯恩哈德的影响下写作。"[2]

巴赫曼评价伯恩哈德的书时说："德语又写出了最美的作品，艺术和精神，准确、深刻和真实。"[3]

耶利内克在1989年悼念伯恩哈德逝世时说："伯恩哈

1　Marcel Reich-Ranicki, *Der doppelte Boden*, Frankfurt, Fischer, 1994, p.63.

2　Marcel Reich-Ranicki, *Der doppelte Boden*, Frankfurt, Fischer, 1994, p.139.

3　Ingeborg Bachmann, *Werke*, Muenchen, Piper, 1982, Bd. 4, p.363.

德是独一无二的，我们，是他的财产。"[1]

伯恩哈德是位享誉世界的作家，同时也是位地道的奥地利作家。疾病几乎折磨了他一生，他生命的最后10年可以说是命运的额外馈赠，疾病磨砺了他的目光，锻炼了他的语言。正如耶利内克所说，将他变成了奥地利的嘴，去做健康者始终觉得是不得体的事：诉说这个国家的真相。奥地利的传统，尤其是哈布斯堡帝国的历史，在他身上留下了深刻的烙印，他对奥地利的批评是出自那种真正的恨爱，正是由于对奥地利的不断的批评，奥地利早已成为他生活中不可或缺的内容。尽管谁拼命地想要属于她，她就首先把谁给踢开。上奥地利是他的家乡，维也纳是他文学活动的主要场所。家乡的许多地方与他书中人物联系在一起，书中的许多场景散发着维也纳咖啡的清香。伯恩哈德书中的语言，词语的选择和构造，发音和语调，都是典型的奥地利式的，他自己曾说："我的写作方式在德国作家那里是不可想象的，顺便说一下，我当真很讨厌德国人。"[2]顺便说的这半句就没有必要了，这就是伯恩哈德，一个极富个性的奥地利人。他的书对我们了解奥地利这个国家和她的人民是很有帮助的。这也是译者译他的书的原因之一。

1　Sepp Dreissinger, *13 Gespraeche mit Thomas Bernhard*, Weitra, 1992, p.159.

2　Sepp Dreissinger, *13 Gespraeche mit Thomas Bernhard*, Weitra, 1992, p.112.

我读伯恩哈德以来，已过去几十年，对其作品的了解在逐渐加深。首先，他喜欢大量运用多级框形结构的长句，加上他的夸张手法，他的幽默和自嘲，让你不得不反复去读，才有可能吃透他要表达的意思，才能咂摸出他作品个中滋味。他的作品文字并不艰深，结构也不复杂，叙述手段新奇而不怪诞，但是，想完全读懂伯恩哈德实属不易。赖希-拉尼茨基曾多次称，面对伯恩哈德的作品他感到发憷，他甚至害怕评论他的作品，因为找不到一种尺度去衡量，他说，伯恩哈德不是我们中的一个，他太独立特行，是极端的另类。

我们可能暂时还读不透他的书，或者可能常常误读他，但有一点是肯定的，我们在他的书中往往能读到在别的书中读不到的东西，他的书让我们开阔眼界，让我们重新考虑和认识那些司空见惯的事物。读他的书你不能不佩服他写得真实，他把纷乱和昏暗的事物照亮给你看，他运用的照明工具就是夸张和重复。为了真实表现世界，他从来都走自己的路，如果说他的书中也涉及爱情的话，他决不表现情色和性欲，他的文字绝对干净，他这样做可能未免太夸张了，但他的书就是要诉之于你的头脑，启迪你思考，而不追求以种种手段调动你的情愫。他是一位令人难以忘怀的作家，他去世了，但仿佛他仍在创作，因为他的戏剧作品在不断增加，他的小说《维特根斯坦的侄子》《历代大师》等，都在他去世后相继作为戏剧作品被搬上舞台。2009年年初，他生前未发表的作品《我的文学奖》一问世，便登上了畅销书排行榜首位，之前，曾在《法兰克福汇报》上连载。

伯恩哈德离开这个世界已经30多年了，但是他的感悟、他的观点仍然能触动我们，令我们关注，他的确是一位属于未来的作家。

马文韬

2009年春于芙蓉里

2023年春修改

沉落者

这是早就计划好的自杀，

我想，并非一时绝望的冲动。

我们的朋友，本世纪最杰出的钢琴大师格伦·古尔德也只活到五十一岁，我走进旅馆时想。

只不过，他不是像韦特海默那样自杀身亡，而是像人们常说的那样，自然死亡。

在纽约待了四个半月，格伦·古尔德总是弹奏《哥德堡变奏曲》和《赋格的艺术》，就像他一再只用德语表达的，四个半月的钢琴强化演练，我想。

我们曾经在利奥波德斯克龙住过，那恰好在二十八年前，师从钢琴大师霍洛维茨[1]（当然是韦特海默和我，格伦·古尔德除外），在那个阴雨连绵的夏天，我们从霍洛维茨那里学到的，比先前八年在莫扎特音乐学院和维也纳艺术学院还要多，与霍洛维茨相比，之前我们所有的教授简直可以说没什么用。但是，这些糟糕的老师也并非一无是处，有了在他们那里学习的经历，我们能够更好地理解霍

1　弗拉基米尔·霍洛维茨（Vladimir Horowitz, 1903—1989），美籍俄裔音乐家，二十世纪最杰出的钢琴家之一。——译者注，全书下同

洛维茨。两个半月不停地下雨，我们在利奥波德斯克龙的房间里夜以继日地练习，失眠（尤其是格伦·古尔德！）成为我们最关键的状态。夜里，我们消化白天霍洛维茨为我们讲的一切。我们几乎不吃任何东西，整个时间里也不感觉背痛，可是跟着我们以前的那些教授学习，却总是为背痛而苦恼，在霍洛维茨教授指导下学习，没有出现过这种情况。因为太紧张了，不可能有背痛的感觉。当我们结束了霍洛维茨的课程时，发现格伦的钢琴已经比霍洛维茨本人弹得更好，我忽然觉得格伦的钢琴演奏水平已经超过了霍洛维茨，从这一刻起，对我来说，格伦是全世界最杰出的钢琴大师，无论我从此刻起还听到过多少钢琴家演奏，都没有一个人比得过格伦，即使是我一直喜欢的鲁宾斯坦，也不能与其比肩。韦特海默和我的水平相同，韦特海默总说格伦最好，虽然我们还不敢说他是世纪钢琴大师。当格伦返回加拿大时，我们觉得我们的确从此失去了这位加拿大朋友，我们不指望，今后什么时候还能看到他，他对钢琴艺术已经是走火入魔，我们不得不推测，他的这种状况不会持续多久，过不了多少时日，他将死去。但是我们与他一起在霍洛维茨那里学习两年之后，他在萨尔茨堡音乐节上演奏了《哥德堡变奏曲》。两年前在莫扎特音乐学院，他与我们一起日夜练习和钻研这部作品。报纸对他在音乐节的演奏大加称赞，没有任何一个钢琴家能把这个变奏曲演绎得像他那样精湛，报纸在萨尔茨堡演奏会之后对他的评价，与我们对他的评价没有两样，我们早在两年前，就发现了他在键盘上双手饱含情感的娴熟技艺，我们对他的演奏水平早就有了认识。在他的钢琴演奏会结束后，我们约他去马克思格兰区的一家我喜欢的老餐厅甘斯霍夫。我们没有谈话，只是喝着饮料。在这次会面中，我直截了当地对格伦说，我和（从维也纳来到萨尔茨堡的）韦特海默，一直都不相信还能有机会见到他，我们总是想，格伦从萨尔茨堡回到加拿大后将会迅速崩溃，由于他对艺术的痴迷，由于他的钢琴极端主义。我的确说了钢琴极端主义这个词。我的钢琴极端主义，格伦后来自己总是这样说，我知道他在加拿大和美国也一再使用这个字眼。大约在他去世前三十年，他就特别热爱作曲家巴赫，其次是亨德尔，他看不上贝多芬，即使莫扎特他谈论起来，也绝不像我那样喜欢，我在走进旅馆时想。格伦弹起琴来总是同时哼唱，没有哪个钢琴家有这样的习惯。他说起他的肺病，仿佛在说他的第二艺术。我和他同时得的这个病，后来就一直无法摆脱，这个病很难治愈，最后韦特海默也染上了我们的这种病。但是格伦并非死于肺病，我想。让他身亡的是他所处的那种没有任何出路的状况，在几乎四十年时间里，他

27

一直朝着这种状况发展，我想。他始终没有放弃演奏钢琴，我想，韦特海默和我放弃了，我们没有办法像格伦那样，把钢琴演奏修炼得进入了一种令人难以置信、使人敬畏的境地，他自己也无法从中解脱出来，他也不愿意脱离这样的境地。韦特海默将他的贝森朵夫三角钢琴运到多禄泰拍卖行，我把我的施坦威运到了阿尔特明斯特附近的诺伊基兴，送给了一位教师的九岁女儿，我不想让钢琴再折磨自己了。这位老师的女儿没过多久就把这架钢琴给毁了，我知道后并不感到痛苦，相反，我异常饶有兴趣地观察着这一愚钝的毁坏过程。韦特海默总是说他要向精神科学方面发展，我则听任自己自暴自弃。日复一日我变得无法忍受音乐，没有音乐我这个人日益委顿，我指的是音乐实践而非音乐理论，后者从一开始就给我一种毁灭的感觉。顷刻之间我就憎恨起钢琴来了，我自己的，无法再听自己的钢琴演奏，不想再与自己的乐器打什么交道。于是有一天，我去拜访那位教师，告诉他我要赠送他的礼物就是我的施坦威钢琴，我听说他女儿在钢琴这方面很有天分，我对他说，我要把我心爱的钢琴送给她，我告诉教师，不日将运到他的家里。我及时地审视了自己的能力，相信自己不适合走成为钢琴大师这条路，我对教师说，因为我不管做什么总是追求最高、最好，所以我必须与我的乐器分离，我

28

清醒地认识到，我继续走下去肯定达到不了巅峰，因此我决定把我的钢琴送给他有天分的女儿，我再也不想打开我那钢琴的盖子，我对十分吃惊的教师说。他是一个相当粗俗的男子，他的妻子更没有文化，同样是阿尔特明斯特附近的诺伊基兴人。运输的费用，我对教师说，当然由我来承担！这位教师我童年时就认识，也很熟悉，与其说他人很单纯，还不如说很愚笨。教师立刻接受了我的馈赠，当我走进旅馆时想。我根本不相信他女儿有什么音乐天分。老师们总是夸奖农村孩子有天分，特别是有音乐天分，实际上他们根本就没有，所有这些孩子其实都没有什么音乐的禀赋，他们某个人吹吹笛子，或者能拨拉几下齐特琴，能弹几下钢琴，这都还远不是什么有天分的表现。我知道我那架珍贵钢琴的新主人将是一个毫无音乐感觉的人，这正是我要达到的目的。这位教师的女儿在短时间里即将毁掉我这架钢琴，这架堪称最好的、最令人羡慕的，也是最难得到的、最昂贵的钢琴之一，要不了多久就要被毁坏得不能用了。然而，我可爱钢琴的如此下场正是我所希望的。韦特海默，如他一直所说的，转向了精神科学方面发展，我则进入了衰败的程序，通过将我心爱的钢琴送到了教师家里，我的这个转折进行得特别顺利。韦特海默在我把施坦威赠送给教师女儿后，还继续练了几年钢琴，有好几年仍认为自己能成为钢琴大师。他的钢琴演奏水平的确很高，比我们经常看到的那些登台演出的大多数所谓大师，弹得何止好上成百上千倍，可是，他并不满足于此，他认为，如果最好的结果，只能是成为像其他欧洲著名钢琴家那样的钢琴大师，他无法接受，于是就放弃了钢琴演奏，转向精神科学领域发展。我本人自以为比韦特海默弹得好，但我也从来未能达到格伦那样的水平，就是因为这个原因（与韦特海默同样的理由）我立即放弃了钢琴演奏。我必须得弹得比格伦更好，但这是不可能的，想都不用想，于是，我毅然停止了钢琴这门专业。我现在不记得是哪一天，肯定是四月的某一天，早晨睁开眼睛便对自己说，再也不练钢琴了。从此真的就不再动钢琴了。我立刻拜访了那位教师，告诉他要把自己的钢琴送给他，并商定运送的具体事宜。从此我要把精力投入哲学方面，我在去教师家的路上想，尽管我对所谓的哲学是什么可以说一无所知。我绝对不是钢琴大师，我对自己说，不是用钢琴阐释音乐的人，不是具有创造才华的艺术家。根本就不是艺术家。我精神的这种颓唐立刻吸引了我。前往教师家的路上我一直在说这句话：根本不是艺术家！根本不是艺术家！根本不是艺术家！假如我没有认识格伦·古尔德，可能还不会放弃钢琴演奏，还会期望成为一位钢琴大师，很可能甚至是世界上最杰出的钢琴大师之一，我在旅馆里想。一旦在我们那个领域里遇到了首屈一指者，我们则必须放弃，我想。不知道怎么回事，我在僧侣山上认识了格伦，这是我童年喜欢的山。我虽然在莫扎特音乐学院曾见过格伦，但并没有与他说过话。僧侣山也被称为自杀之山，因为它比任何山都更适合自杀，每周从这里往下跳的人至少三四个。他们从山体内部乘电梯上得山来，走上几步便纵身跳下，摔到城市里。那些躺在大街上脑浆迸裂的自杀者总让我感到痴迷，我（韦特海默也是！）经常到僧侣山上，攀登或乘电梯，企图从山顶跳下去，但是始终没有跳（韦特海默也没有！）。好多次我（韦特海默也是！）甚至已经准备好往下跳了，但是我，还有韦特海默，没有跳。我在关键时刻转过身去。当然至今转过身走开的人还是比往下跳的人多，我想。我在僧侣山遇见格伦，在所谓的里希特山顶，从那里可以很清楚地远眺德国。我上前与他打招呼，我说，我们一道在霍洛维茨那里学习过。是的，他回答说，我们朝着德国的方向看着，格伦立刻开始阐述《赋格的艺术》。我想，我遇到了一位极有才智的知识人。他获得了洛克菲勒奖学金，他说。他的父亲是一个很有钱的人，经营皮革生意，他说，他的德语说得比我们那些来自奥地利小城镇的学员都要好。所幸萨尔茨堡在这里，而不是在四公里以外

31

的德国，他说，如果这里是德国，我是不会来的。从一开始，我们就在精神上建立了友谊。绝大多数的钢琴演奏家，他说，即便已经非常著名，对他们自己所从事的艺术其实一窍不通。所有的艺术门类，我说，都是如此，美术、文学，我说，就是哲学家，也并不知道哲学是什么。绝大多数的艺术家并不知道他们的艺术是怎么回事。他们不具备专业的艺术观，一辈子停留在半瓶子醋的水平，即使那些最著名的大家，也概莫能外。我们，我和格伦的相识，缘于我们一开始就有共同的话题，我得说从一开始，使我们相互吸引的就是我们的差异，自然是在艺术观相同这个基础上的差异。僧侣山上，我与格伦相识在先，然后韦特海默来到了我们中间。格伦、韦特海默和我，开始的两周，我们分别单独居住在老城的简陋房间里，后来，因为我们三个人都在霍洛维茨指导下学习，便在利奥波德斯克龙租了一处房子，我们可以在里边自由自在，想干什么就干什么。但是老城的一切都让人气馁，空气不好，人也让我们无法忍受，潮湿的墙使我们和我们的乐器生锈。总而言之，只有搬出老城，我们才能继续上霍洛维茨的教学班，从根本上说，这座城市是人们所能设想的最敌视艺术和精神的城市，恰似狭隘的、闭塞的山窝窝，这里的人愚蠢，这里的墙冰冷，随着时间的推移，这里的一切都将变得愚钝和麻木，无一例外。我们收拾东西，搬到利奥波德斯克龙，当时这里还是一片草地，放牧着奶牛，每天都可以看到成百上千的鸟儿。萨尔茨堡本身虽然今天装扮得很漂亮，犄角旮旯都粉刷得一尘不染，但是实际上，比二十八年前更加丑陋，一如既往与人的内在作对，直至有朝一日将其毁灭，这一点我们及时认识到了，卷起铺盖离开了它，来到利奥波德斯克龙。萨尔茨堡人像那里的气候一样糟糕，今天置身这座城市，不仅我的判断立刻得到证实，而且情况比我说的还要更加可怕。然而，正是这座最敌视艺术和精神的城市，确保我们在霍洛维茨指导下的学习能获得最大收益。如果我们学习的外部环境对我们怀有敌意，那么我们就会比处在对我们友好的环境里学习得更好。学习者选择怀有敌意的环境总是有益的，而不是选择对其友好的环境，因为友好的地方会让学习者失掉大部分本应该放在学习上的注意力，而对其抱有敌意的地方则能让他把百分之百的精力集中用于学习，因为他必须全力以赴学习才不会绝望，在这个意义上，像所有其他所谓美丽的城市一样，萨尔茨堡可能是值得向您推荐的学习的好地方，当然只适合那些性格坚强的人，性格懦弱者在这里要不了多长时间就不可避免地毁灭了。格伦来到这里头三天就被这城市漂亮的表面迷惑了，然后他忽然看清了这只是光鲜的外壳，

33

实际上败絮其中，令人厌恶，生活在这里的人也都十分卑劣。阿尔卑斯山前的气候伤害着人的情绪，使人们年纪轻轻就变得愚钝，随时间的推移会变得恶劣，我说。在这里生活的人，如果他诚实，不会不知道这种情况。从外边来到这里的人，短时间就会看到这样的现实，就必须及时离开这里，如果他不愿意像那些愚钝的居民，那些情感卑劣的萨尔茨堡人，他们用他们的愚钝毁掉了一切尚未像他们自己一样的人们。格伦先是想，能在这样的地方发展是多么美好，但是他来到这里两三天就意识到，出生在这里，成长在这里，简直就是噩梦。这里的气候和这里的墙壁会杀死一个人的敏感，他说。这话说的也是我的感触，对此我无需做任何补充。在利奥波德斯克龙，萨尔茨堡这座城市的反精神就不会对我们构成威胁了，我在走进旅馆时想。归根到底不是霍洛维茨一个人坚定不移地教我弹钢琴，还有在他授课期间，每天与格伦·古尔德的交往也不可或缺，我想。总之，这两位让我们能够学会音乐，让我们懂得音乐，我想。在霍洛维茨之前，我的最后一位音乐老师是维雷尔，他是那种能把你窒息在平庸水平上的老师，更不要说他之前的那些。他们都大名鼎鼎，随时出现在各大城市的讲坛上，在我们著名的学院里拥有报酬不菲的教席，但是他们的能耐，无非就是毁掉向他们学习演奏钢琴的人，

34

他们根本不懂音乐，我想，到处都能看到他们坐在那里，让成千上万的音乐学生晕头转向，仿佛他们的任务就是把有天分的音乐青年扼杀在萌芽状态中。没有任何地方的老师像我们这里音乐学院的老师，最近自称为音乐大学了，我想。两万个音乐教师里，只有唯一的一个称得上是理想的，那就是霍洛维茨，我想。格伦，如果他当老师的话，也是最理想的一位。格伦像霍洛维茨一样，拥有这种音乐教育所需的情感和理智，懂得如何讲授。年复一年成千上万的音乐学生走进高等音乐学府的愚钝中去，被那些没有专业修养的人给毁掉了，我想。也许他们偶尔也会成名，但毕竟他们对音乐一窍不通，我在走进旅馆时想。他们也许会成为古尔达，或者布伦德尔，但毕竟不会有任何真正意义上的成就；或者成为吉列尔斯，到头来还是高不成低不就。如果韦特海默没有遇到格伦，肯定会成为我们最重要的钢琴大师之一，我想，他就不必去折腾精神科学，就像我折腾哲学那样。几十年来我在折腾哲学，或者说与哲学有关的方面。韦特海默到最后一直在折腾所谓的精神科学。我估计他的那些纸条还都没有写满字，我的那些草稿也都半落不落，我在走进旅馆时想，这简直是精神犯罪。我们俩原本都想成为钢琴大师，结果，落得个在精神科学和哲学方面盲目地踅摸和翻腾，最终一事无成。原因在哪里？我们无法达到钢琴艺术完美的境界，更不要说超越了，我想，我们发现在这个领域有一位真正的天才，于是我们立刻就放弃了。说实话，我本来也成不了钢琴大师，我一直对自己的这个目标持保留态度，极端没有信心。我一直在滥用自己钢琴技艺上取得的成就，走上了毫无成功希望的下坡路，是的，可以说我从一开始就觉得钢琴演奏家是很可笑的人。但是实事求是地说，我在这方面开始的确拥有异乎寻常的天分，受其诱惑，我全力以赴地操练起钢琴来了，十五年饱受艰难苦痛的折磨，突然，毫不留情地选择了放弃，管他什么天分和才华，多愁善感、优柔寡断不是我的性格，我不能因此毁掉我的一生。我朗声大笑起来，吩咐把钢琴运到教师家，好几天，我都为这个举措高兴得笑声不断，心里感到特别痛快，事实就是这样，突然果断地毁掉了自己攀登钢琴技艺高峰的生涯，我觉得特别开心和特别可乐。我走进旅馆时想，可能这一变故是我人生败落过程的重要组成部分。我们曾多方尝试，又总是半途而废，把几十年岁月的积累作为垃圾抛弃。韦特海默总是不急不躁，不像我做起决定来不管不顾，我放弃钢琴事业多年后他才步我后尘，与我不同的是，他对钢琴仍然总是念念不忘，我一直还听他抱怨不应该停止演奏钢琴，后悔没有继续坚持下去，他说，他所以最终决定中止钢琴生涯，在某种程度上是受了我的影响，我应该负有责任，面对重要问题，他总以我为榜样，尤其是生存攸关的决策，他说，我在走进旅馆时想。参加霍洛维茨的钢琴教学班，对我、对于韦特海默都是致命的，对于格伦却是让其天才大放异彩难得的机会。归根结底，不是霍洛维茨把韦特海默和我的钢琴事业甚至整个音乐方面的前程断送了，而是格伦，我想。格伦使我们在钢琴演奏方面的梦想破灭了，还在我们俩都坚信自己有望成为钢琴大师的时候。在就学于霍洛维茨之后多年，仍然还相信在钢琴方面能有作为，而其实在我们认识格伦的那个时刻，我们的心气就消失了，所谓心如止水。谁知道呢，如果我没有接触霍洛维茨，仍然在我的老师维雷尔那里学习，今天会不会成为一名钢琴大师，我想，像那些著名的钢琴演奏家整年穿梭于布宜诺斯艾利斯和维也纳之间进行表演。韦特海默也一样。我立即坚定地否定了这个假设，因为我一开始就憎恨所谓大师的光环以及与其相伴的一切现象，我尤其憎恨在大庭广众前登台，憎恨听众的鼓掌，我忍受不了掌声，很长时间我不知道，我不能忍受的是音乐厅糟糕的空气呢，还是掌声，或者两者我都憎恨，直到我弄清楚了，我无法忍受通常那种技艺精湛大师的做派，特别是钢琴技艺精湛大师的做派，因为我最憎恨观众以及与其相关的一切，而且我也憎恨技艺精

37

湛大师本身。格伦公开表演也只有两三年，然后就无法忍受了。他待在家里，在他美国的家里，这位最好、最杰出的钢琴家。当我们十二年前最后一次拜访他时，他已经有十年没有公开举办钢琴音乐会了。在这期间，他是所有那些痴迷钢琴演奏者中最清醒、最有预见的人。他已经达到了他艺术的顶峰，不可避免地面临脑溢血的威胁，只是时间问题，而且危在旦夕。韦特海默当时就有感觉，格伦这个人活不了多长时间了，他对我说，格伦要罹患中风了。我们在格伦家待了两周半，他在家里建了录音室。像在萨尔茨堡上霍洛维茨的钢琴课期间那样，他可以说是日夜不停地弹钢琴。许多年，整整十年。我两年内举行了三十四次音乐会，格伦说，我一辈子都不用再这样做了。韦特海默和我与格伦一起弹奏勃拉姆斯，从下午两点弹到半夜一点。格伦雇用三个人守卫着他的房舍，防备有人打扰他。开始我们也不想干扰他，一次也不在他那里过夜，后来我们在他那里待了两周半，韦特海默和我再次明白，我们放弃致力于成为钢琴大师的追求是多么正确。我可爱的沉落者，格伦这样与韦特海默打招呼，他总是称韦特海默为沉落者，用一种美国-加拿大式的冷静，对我则干巴巴地称我为哲学家，我一点儿都不在乎。韦特海默，这个沉落者，对于格伦来说，他越来越下沉，不停地下沉；对于格伦来说，我随时随地都把哲学家这个词挂在嘴边，频繁得让人无法忍受，总之，对于格伦，我们毫无疑问分别是沉落者和哲学家，我走进旅馆时想。沉落者和哲学家来到美国看望钢琴大师格伦，别无其他目的，要在纽约住上四个半月。大部分时间与格伦在一起。他不渴望去欧洲，他在与我们打招呼时就表达了这个意思，他不考虑再次去欧洲，他要把自己关在家里，一辈子再不离开。把自己关在家里，这是我们三个人一辈子都怀有的愿望。我们三个人生来就是痴迷于宅在家里的主儿。格伦是我们仨在这点上走得最远的人。在纽约我们住在塔夫特酒店后头，为了实现我们的目标，没有比这里更好的位置了。格伦在塔夫特后院一间屋子里置放了一架施坦威，每天在那里练八到十个小时，经常弹奏到深夜，没有一天不是在演奏钢琴中度过的。韦特海默和我一开始就热爱纽约。这是世界上最美丽的城市，同时也有最新鲜的空气，我们总是说，世界上没有哪个地方能让我们呼吸到这样好的空气。格伦证实了我们的感觉：对精神人来说，纽约是世界上唯一可以走进来畅快呼吸的城市。格伦每三周到我们这里来一次，带我们去看曼哈顿那些隐秘的角落。莫扎特音乐学院的确不是一所好学校，我在走进旅馆时想，另一方面，对于我们它又是最好的，它让我们睁开了眼睛。所有的高等学府都很差劲，如果我们读的学府不让我们睁开眼睛，那它永远是最坏的。我们得忍受怎样的老师啊，那些蹩脚的老师只会对我们的头脑施暴。他们都是艺术的驱逐者、精神的杀戮者、大学生的谋害者。霍洛维茨是一个例外，像他那样的，还有马克维奇、维格，我想。但只有一个霍洛维茨还不能成就一所优秀的学院，我想，那些半瓶子醋把持着世界上至今仍然是独一无二的教学大楼，如果我说我毕业于莫扎特音乐学院，人们会特别羡慕。韦特海默和格伦一样，都是富家子弟，而且不是一般地富有，我也没有经济上的忧虑。朋友们都来自同样的环境，拥有相同的经济水平，这是很有利的条件，我走进旅馆时想。我们归根到底都没有物质上的困扰，能够把精力完全放到学业中去，尽最大可能取得优异的成绩，我们头脑很单纯，除此之外没有别的想法，要做的就是持续不断地把那些障碍从前进的道路上清除掉，我们的那些教授极其浅薄和鄙陋。莫扎特音乐学院至今仍然是世界闻名，但它其实是可以想象得到的最坏的高等音乐学院，我想。但是我如果没有读这所学校，就不可能与韦特海默和格伦相识，我想，这两位我终生的朋友。我今天也说不清楚我怎么会学音乐，我家所有人都没有音乐细胞，都与音乐艺术格格不入，一辈子对艺术的憎恨超过一切。可能这就是决定性因素，让我有朝一日热爱上了我原本憎恨的钢琴，不用家里的埃尔巴老钢琴，换成的确很棒的施坦威，就是要让家里人看看，我走上了他们一开始就感到震惊的道路。不是我想追求艺术、音乐，也不是酷爱钢琴弹奏，就是要与家人作对，我想。我憎恨弹奏那架埃尔巴，父母像对待其他家庭成员一样，也迫使我这样做，埃尔巴是家庭的艺术中心，他们用它演奏勃拉姆斯和雷格尔的作品。我憎恨这个家庭艺术中心，但我爱那架我强迫父亲给我购置的、经过重重困难从巴黎运来的施坦威。我得去读莫扎特音乐学院，以此向他们证明我根本就没有音乐素质，也从未满怀激情弹奏过钢琴，我只是利用它作为手段对抗我的父母和家庭。不是喜欢，而是利用它来对付他们，在此过程中我却掌握了，并且日益熟练起来，年复一年，我的弹奏显示出日臻完善的技艺。我是出于与他们作对而去读莫扎特音乐学院的，我在旅馆里想。我们那架埃尔巴老钢琴待在所谓的音乐室里，是他们的艺术中心，在那里，周六的下午，他们以弹奏埃尔巴炫耀他们自己。他们回避施坦威，从不走近它。施坦威的到来结束了我家的埃尔巴的时代，自从我坐在施坦威钢琴前弹奏，父母家里那个所谓的艺术中心就不复存在了。我站在旅馆里边环顾四周边想，我弹施坦威，是针对我的家人。我上莫扎特音乐学院是为了报复他们，没有任何别的理由，是对他们在我身上犯下

41

的罪行的一种惩罚。现在他们的儿子是艺术家了，在他们眼里就是一个可恶的人物。我利用莫扎特音乐学院来对付他们，利用一切这里的手段。假如我继承了他们的砖瓦厂，一辈子在他们那老旧的埃尔巴上弹奏，他们就会称心如意了。可是我脱离了他们，在音乐室架起了施坦威，这乐器可是价值不菲，的确是从巴黎运到我们家里来的。我开始坚持在施坦威上练习，然后顺理成章地进入了莫扎特音乐学院。今天我必须坦诚地说，我不能忍受悬而未决，一夜之间，我下定决心要成为艺术家，并需要与此相关的一切。我站在旅馆里边环顾四周边想，我对他们搞突然袭击，施坦威是我与他们作战的堡垒，对付家庭的以及世界的舆论。我不像格伦，甚至也不像韦特海默，我不能百分之百地断定我是否生来就是要做钢琴大师的料，但我强迫自己，要求自己去实现这个目标，我得说，我劝说自己，让自己进入肆无忌惮地反对他们的轨道。借助施坦威，我忽然能够向他们发起进攻了。由于绝望，我才违背他们的愿望成为艺术家，这其实是很容易理解的理由，成为钢琴大师，如果可能，还要立马成为世界钢琴大师，个中理由是很容易理解的。我们音乐室里那架可恶的老旧钢琴埃尔巴使我想到这个主意，于是我利用钢琴为武器对付他们，结果竟然把这一武器发挥到了极致。其实格伦的情况何尝不也是如此。韦特海默也不例外，他上大学学艺术和音乐，是为了跟他父亲对着干，我在旅馆里想。他曾经说，我上大学学钢琴，对父亲来说就是灾难。格伦说得更极端：他们憎恨我和我的钢琴。我如果提到巴赫，他们听了几乎就要呕吐，他说。格伦已经世界闻名，他的父母仍然没有改变态度。格伦坚定不移地走自己的路，他的父母最终还是肯定了儿子的天才，尽管这已经是在格伦去世的两三年前了。韦特海默和我承认父母是对的，我们的钢琴生涯以失败告终，而且为时过早就偃旗息鼓，我常听父亲以让人羞愧难当谈及我的败绩。但我的这种失败并不怎么让我难过，不像韦特海默，他一辈子都因此痛苦不堪，放弃钢琴转向精神科学，并且到最后他也不知道这精神科学到底是怎么回事。如同我至今也不明白哲学思维是个什么东西，哲学到底是什么。格伦是胜利者，我们是失败者，我在旅馆里想。格伦在唯一正确的时刻结束了他在这个世界上的生存，我想。他不像韦特海默那样亲自动手结束了自己的生命，韦特海默没有选择的可能，他只能自缢，我想。韦特海默和格伦一样，他们的结局都是早就预料到了的，我想。格伦是在演奏《哥德堡变奏曲》期间得了脑溢血。韦特海默无法承受格伦的去世。他因为在格伦逝世之后自己还活着而感到羞耻，竟然能活过天才，据我所知，这使他在生命的最后一年感到特别痛苦。我们在报纸上看到格伦去世的消息，过了两天，我们收到格伦父亲发来的电报，告诉我们，他儿子去世了。格伦一坐到钢琴前便蜷缩在那里，我想，看起来像个动物，近前仔细打量，像一个残疾人，再近前仔细看，像一个感觉敏锐、相貌堂堂的人，如同他历来的样子。格伦从他姥姥那里学会了德语，我曾在此前暗示过，他能说一口流利的德语。他的发音应该让我们所有德国和奥地利学生感到惭愧，这些孩子的德语说得一点儿章法都没有，一辈子说着这种不像样的德语，因为他们的语言感实在太差。但是，一位艺术家怎么能对他的母语没有感觉呢！格伦经常这样说。他年复一年穿着同样的裤子，虽然不是同一条，他走起路来步履轻盈，要是我父亲看到就会说，有教养。他喜欢定义明确，憎恨模棱两可。他最喜欢的词语是自律，总是把这个词语挂在嘴边，据我记忆，在霍洛维茨的课堂上也是这样。他最喜欢午夜后跑到大街上，或者另外什么地方，总而言之，要到户外去，我在利奥波德斯克龙就观察到了他的这个习惯。他说，我们必须一直呼吸新鲜空气，否则就无法前进，我们要达到高峰的理想就无法实现。他这个人对自己要求很高，很苛刻，不允许自己有不准确的地方。说话一定要过脑子，他厌恶那些人，没有想透彻就随便讲些似是而非的话，他因此几乎厌恶全

44

体人类。二十多年前他就深居简出。他是唯一厌恶观众的世界著名钢琴家，并且真正完全脱离了他们。他不需要观众。他购置一处位于森林中的房舍，让自己适应这个新的环境，在那里达到完美的境地。他和巴赫一道居住在美国的这座房子里，直至他去世。他是一个狂热追求秩序的人，在他的房子里一切井然有序。当我们，我和韦特海默，第一次走进这座房舍时，立刻想到他挂在嘴巴上的那个词自律。看到我们，他不是像通常人们所做的那样，问我们渴不渴，而是坐到施坦威前，为我们弹奏了一段《哥德堡变奏曲》，这曲子他在返回加拿大之前，在利奥波德斯克龙为我们演奏过。他的演奏像那时一样完美。当时我心里就明白，这个世界上再没有第二个人能演奏出如此水平。他身子仿佛瘫软在钢琴前便开始弹奏，他从下到上，不像其他一切演奏者那样从上到下，这是他的秘密。好多年我一直很纠结，到美国去看望他是对还是不对。这纠结伴随着内心的悲情。韦特海默开始时不想去，我得劝说他。他妹妹表示反对，她认为这位闻名世界的格伦·古尔德对韦特海默是危险的。韦特海默最终没有听他妹妹的话，跟着我到美国去看望格伦了。我一再对自己说，这可能是最后一次与格伦见面了。我真的认为他将不久于人世，一定要再见上他一面，再听他弹奏一回钢琴，我想，站在旅馆里，呼吸着旅馆里我所熟悉的那种很难闻的气味。我熟悉旺克哈姆这个地方，每逢看望韦特海默总是在这里下榻，我不可能在韦特海默那里过夜，他无法忍受有人在他那里住宿。我要找女老板，但听不见她的动静。韦特海默憎恨在他那里过夜的客人，讨厌他们。凡是客人，不管你是谁，他接待你，没等你坐稳当，便彬彬有礼地把你又送了出来，他对我当然不会这样，我与他不是一般的交情。尽管如此，最多待上几小时后，他还是认为宁可让我离开，而不是留下来过夜。我从未在他那里住宿过，这我想都没有想过，我想，同时张望老板在哪里。格伦是大城市人，我，还有韦特海默都是，我们热爱大城市的氛围，憎恶乡村，但我们却毫不吝惜地充分利用乡村（对大城市，我们何尝不也是这样）。韦特海默和格伦患有肺病，到乡村去了，韦特海默比格伦更不情愿去乡村。格伦是不得已而为之，因为他归根到底对全体人类都无法忍受。韦特海默由于患有多发性咳嗽待在城里，他的内科大夫对他说，待在大城市里，他的病没有治愈的可能。韦特海默有二十多年跟他妹妹住在煤市大街，一座维也纳那种很大、很豪华的房子里。但是他妹妹嫁给一位瑞士大工业家，跟着丈夫去了瑞士库尔附近的齐策斯。韦特海默当着我的面抱怨他妹妹，说她偏偏去了瑞士，偏偏与一位化工康采恩大企业家结婚。灾难性的结合。她把我扔下不管了，韦特海默牢骚满腹。他待在突然间空荡荡的房子里，一时间不知所措，妹妹搬走后好多天一动不动地坐在沙发椅里，然后忽然像个疯子似的在各个房间里来回走动，翻来覆去，最后去了他父亲在特赖西的狩猎屋。他父母逝世后，韦特海默跟妹妹住在一起至少已经有二十年了，他像暴君一样对待他的妹妹，据我所知，好多年阻碍他妹妹与男人交往，甚至禁止其全部社交活动，所谓保护起来，让妹妹依附于他。但是他妹妹挣脱了束缚，抛弃了他，让他孤零零地站在他们共同继承下来的、已经松松垮垮的旧家具中间。她怎么能这样对我，他对我说，我想。我为她做了一切，牺牲了自己的利益，结果她扔下我，跟着那么个暴发户去了瑞士，那个恐怖的家伙，韦特海默对我说，我在旅馆里想。偏偏是去库尔那个糟糕透顶的地方，那里的天主教的确臭气熏天。齐策斯，多么难听的地名！他大声说，并问我可去过那里。我记得我曾多次在去圣莫里茨时经过齐策斯，我想。那里除了愚钝、修道院、化工康采恩还能有什么，他说。他竟敢宣称他放弃钢琴大师这个目标是为了他的妹妹，因为她我做出了牺牲，结束了钢琴生涯，他说。这等于牺牲了我的一切，他就是这样试图利用谎言摆脱他的绝望境地，我想。煤市大街的房子有三层，塞满了可以想到的各种艺术品，每逢我去那里看望我的朋友，都感到特别压抑。他自己也说他恨他妹妹搜集的这些艺术品，他不喜欢他妹妹，把他的一切不幸都归罪于他妹妹，说他妹妹因为那么一个狂妄自大的瑞士人就把他丢弃不管。他曾一本正经地对我说，他曾设想和妹妹在煤市大街这处房屋里住一辈子，他说，我将与妹妹在这些房间里一直生活到晚年。可是事情发生了变化，妹妹脱离了他，转身走开了，走得那么突然，让他毫无思想准备。他妹妹结婚数月后，他又来到大街上，即从所谓的坐着的姿态过渡到行走姿态。当他感觉处于最佳状态时，他从煤市大街走到第二十区，再从那里到第二十一区，然后经过利奥波德城返回第一区[1]，在这里还翻来覆去地走上几个小时，直到累得走不动了。在乡下他就懒得动弹了，到树林只有几步路他也不想走。他一再说，乡村让我感到荒凉。格伦说得对，他总是称我为柏油路行走者，韦特海默说，我只在柏油马路上走，在乡村我不走，环境很无聊，我宁可待在茅屋里坐着。他称他从父亲那里继承来的狩猎屋为茅屋，其实这处房子很大，有十四个房间。事实是，他在这里早晨穿好衣服，仿佛他打算徒步走上五六十公里，穿着高筒系带皮靴，厚厚的粗呢衣裤，头戴毡便帽，

1　维也纳分为二十三个区，每个区除号码外各有名称，如：第一区为内城（即中心区），第二区为利奥波德城，第二十区叫布里吉特瑙，第二十一区叫弗洛里茨多夫。

48

但是他只是走出去确认一下，并没有兴趣到外面去，回头又把衣服都脱掉，坐到下边的房间里，凝视面前的墙壁。内科大夫说，我在城里没有可能治好我的病，他说，但是在这里，我根本任何可能性都没有。我憎恨乡村，另一方面，我又愿意听从内科大夫的吩咐，免得过后责备自己。但是离开城市，完全在乡村走动，我做不到。这是最荒谬的，我不会犯如此荒谬的错误，这是疯癫，这简直就是犯罪。我有规律地过一些日子就穿上这套服装，他说，走到房前，然后转身回到房内，把服装再脱下，不管什么季节，总是这样做。至少没有人观察我这种疯癫，他说，我在旅馆里想。像格伦一样，韦特海默也不容忍自己周围有人。于是时间一长，他也就让人无法忍受了。而我自己，我站在旅馆里想，也不能在乡村生活，所以我住在马德里，不想离开这座城市，在这样一座最漂亮的城市里能得到世界上提供的一切。住在乡村的人会变得很愚钝，而且他自己并不察觉，一段时间里，他还以为那里保持着原生态，对他身体颇有益处，他哪里知道，乡村生活根本就不是什么原生态，对于不是在那里出生、不是生来就喜欢那里的每个人，乡村生活异常乏味，而且会损害他们的身体。那些去农村的人，他们就是倒霉催的，他们在那里的生存状况至少是怪诞的，首先是变得愚蠢，然后就会可笑地死亡。

49

建议和劝说大城市人到农村去，以便他能活下去，这是内科大夫的卑劣行为，我想。宣扬大城市人为了更好、更长久地活着就要到乡村去的种种故事都只不过是极其拙劣的蛊惑，我想。但韦特海默不仅仅是内科大夫的牺牲品，而且更是以为他妹妹只为他而存在的这种信念的牺牲品。的确，他曾多次说他妹妹生来就是为了他活着，留在他身边保护他。没有人像我妹妹那样使我失望！他曾这样说，我想。他对他妹妹的依赖已经变成一种病态的习惯，以至于离开他妹妹便手足无措没法生活了，我想。在他妹妹离开他的那天，他发誓永远憎恨他妹妹，把他煤市大街房子所有的窗帘都拉上，永远也不要再开启。他当然无法做到，但无论如何还是坚持了十四天，然后才打开窗帘，发疯似的冲到大街上，渴望吃点儿东西，渴望见到人。这位沉落者，据我所知，在格拉本大街上瘫倒在地，所幸恰好他一位亲戚路过，帮助他重新回到他的住处，我想，否则的话，没准儿就被送到施泰因霍夫精神病院了，因为他的外表看起来就是一个疯癫者。格伦不是我们中间最成问题的人，最成问题的人是韦特海默。格伦是强者，韦特海默是我们中最软弱的那个人。格伦的精神没有毛病，不管人们一再这样宣称，精神上出毛病的是韦特海默，我认为。二十年里，他一直不让他妹妹离开自己，用成千上万条纽带将他妹妹绑在身边，结果呢，他妹妹还是冲破一切束缚跑了出去，我想，还如人们常说的那样嫁了个腰缠万贯的郎君，原本就富有的妹妹与一位瑞士大富翁结了婚。韦特海默现在听到"妹妹"这个字眼，还有"库尔"这个地名就烦，最近见到他时他对我说。她连张明信片都不给我寄，他说，我在旅馆里边环顾四周边想。她神不知鬼不觉地离开了他，房里的东西没有任何变动，她什么也没有带，韦特海默一直这样说。尽管她答应过我，她不离开我，永远不离开，他说，我想。亏她还是个皈依宗教的信徒，他如此表达，对天主教深信不疑，彻头彻尾的天主教徒，他说。这样一位虔诚的教徒，虔诚得无可救药的教徒，他说，却有恃无恐，犯下滔天大罪，抛弃她的亲兄长，扑向一个来路不明、不择手段大发横财者的怀抱，他在我最近一次看望他时说，我想。我现在看见他就在我的面前，他说什么我听得清清楚楚，还是他常用的那种不连贯的句子，这样的表达与他这个人很贴切。格伦曾经说，我们的沉落者是一个狂热的人，他的自怜几乎不断地伤及他的性命，我清楚地记得格伦说的话和他说这番话时的样子，当时在僧侣山，在所谓的里希特山顶，我经常与格伦来这儿，而没有和韦特海默一起，韦特海默出于某种理由总想单独一人待着，不与我们为伍。经常好像受了多大的委屈。我总是称他为可怜的受屈者。自从他妹妹出走后，他越来越频繁地回到特赖西，他说，我到这里来是因为我憎恶这个地方。煤市大街的房子落满灰尘，他不在时，不让任何人进入这处房子。在特赖西他经常好几天待在房里，只是让伐木工送给他一罐牛奶、一些黄油、面包和一块熏肉。他待在房里，读他的哲学，叔本华、康德和斯宾诺莎。在特赖西他也几乎整天都把窗帘拉上。有一次我想再购置一架贝森朵夫，他说，随后又打消了这个念头，他觉得那样做简直就是发疯。再说，十五年来我都没动过钢琴了，他说，我在旅馆里想，不能确定是否应该喊女老板过来。相信自己会成为钢琴大师、会像钢琴大师一样生活真是大错特错，但我也不能马上转向精神科学方面，我得经过钢琴大师这段弯路，他说。你认为我会成为钢琴大师吗？他问我，当然并没有等待我的回答，而是大笑着回答道，一辈子都没戏，听起来让人觉得可怕。你会成为，他说，我不行。你有这个天分，他说，我看得出来，只需听你弹奏几小节我就知道了，你行，我做不到。关于格伦，那是一开始就清楚了，这是一位天才。我们的美国-加拿大天才。我们每个人失败的理由都因人而异，韦特海默说，我想。我不能证明任何什么，只能失去一切，他说，我想。我们的才能可能是我们的不幸，他说，但他马上接着说，格伦的才华没有将他置于死地，而是让他成为天才，是的。假如我们没有来到格伦身边，韦特海默说。假如霍洛维茨这个名字对我们没有任何意义。假如我们根本就没有到萨尔茨堡！他说。在这座城市里，我们在霍洛维茨指导下学习，并且认识了格伦·古尔德，我们就是自取灭亡。我们这位朋友就意味着我们的死亡。我们比霍洛维茨的其他学生都要好些，但格伦则比霍洛维茨本人还要好，韦特海默说，我仿佛听见他就在我面前说，我想。另一方面，他说，我们还活着，他死了。韦特海默说，我周围的人至今已死了那么多，那么多亲戚、朋友、熟人，没有哪个人的死能让我有些许震动。但格伦的死却差点儿要了我的命，他说，差点儿要了我的命，这话丝毫没有夸张，相反是极其精确地反映了他的心态。我们与一个人在一起，不必联系得非同寻常地紧密，他说。格伦的死使他十分震惊，他说，我站在旅馆里想。虽然他的死亡比任何其他人的死亡都能预见得到，仿佛就是不言而喻的事情，他说。尽管如此我们还是不理解，我们懂得，但不理解。格伦十分偏爱"沉落者"这个词和这个概念，我记得很清楚，这个词是他在西格蒙德-哈弗纳胡同偶然想到的。格伦有一次对我们说，我们观察人，看到的都是残疾人，外表，或者内里，或者外表和内里皆为残疾，没有别样的人，我想。我们越是长时间观察一个人，那么他就越发残疾。如

53

此的残疾，以至我们都不想看清楚这个人的实际情况。世界充斥着残疾人。我们走到大街上，看到的只有残疾人。我们邀请一个人，应邀来的是一个残疾人，格伦说，我想。实际上我自己也总是观察到这样的情形，只是加以证实格伦的观点。韦特海默、格伦和我都是残疾人，我想。友谊、艺术活动！我想，我的上帝，多么荒唐！我是唯一还活着的人了！现在我孤独一人，我想，如果实话实说，我生活里只有两个人使我的人生富有意义：格伦和韦特海默。现在这两人都去世了，我必须想得开，正确应对这个现实。旅馆给我以衰败的景象，这一带所有旅馆都一样，里边的一切都不洁净，里边的空气像人们常说的那样刺鼻。目光所及都令人败兴。我早就可以喊我认识的那位女老板出来了，但没有这样做。据说韦特海默曾多次与这位女老板上床，当然是在旅馆里，而非在狩猎屋。听说是这样，我想。格伦从根本上说只是弹奏《哥德堡变奏曲》和《赋格的艺术》，虽然他也演奏一点其他曲目，比如勃拉姆斯或者莫扎特，勋伯格或者韦伯恩，对其评价很高，勋伯格要超过韦伯恩，不是人们以为的那样相反。韦特海默曾多次邀请格伦到特赖西，但是格伦自从在萨尔茨堡音乐节上举办音乐会后，再也没有到欧洲来。我们之间也没有书信来往，几年里只不过相互寄过几张明信片，这自然不能称为书信来往。格伦定期寄给我们他的音乐唱片，我们表示感谢，这就是全部交往。实质上，将我们联系起来的不是那种情感上的友谊，韦特海默也不是多愁善感的人，虽然表面看起来与此相反。如果他发牢骚，那不是他多愁善感，而是他在盘算、在思考。韦特海默去世后，我还要去他那座狩猎屋，这个想法突然使我感到荒谬，我想抓自己的脑袋，不过只是做个样子，我真的感到莫名其妙。我的行为也不是多愁善感，我在旅馆四下望着想。我首先是想看看维也纳煤市大街上他的寓所，后来决定首先还是到特赖西看看他的狩猎屋，韦特海默最后两年是在这里度过的，据我所知，情况很糟糕。在他妹妹结婚离开后，他强忍着在维也纳待了三个月，在城里盲目地走来走去，我能想象出来，他不停地诅咒他的妹妹，直至他不得不离开维也纳，躲到特赖西去。他寄到马德里的最后一张明信片使我大吃一惊。那上面的字像是出自一位老人之手，明显能看出写字的人有某种疯癫的迹象，写的话前言不搭后语。但我不打算返回奥地利，在我普拉多大街的寓所里，我正加紧撰写《论格伦·古尔德》，我无论如何也不能中断这项工作，否则就再也写不成了，我可不能冒这个险。因此我根本也就没有回复他这张明信片，我在读明信片时立刻觉得内容很有问题。韦特海默打算去美国参加格伦·古尔德的葬礼，我拒绝这

55

样做，他一个人是不会去的。在他自杀身亡三天后，我才想到他与格伦一样，都五十一岁了。我们超过五十岁，就会觉得自己看起来显得很卑劣，没有骨气，我想，这种状态我们到底能忍受多长时间是个问题。不少人五十一岁便自杀了，我想。许多人到五十二岁自杀了，但五十一岁自杀的人更多。他们五十一岁自杀，或者五十一岁时自然死亡都无所谓，像格伦那样死亡，或者像韦特海默那样。死亡的原因经常是五十岁的人为跨越了五十岁这个界限而感到羞耻。因为五十岁绝对足够了，我想。如果我们超过五十岁还活着，还生存在这个世界上，那我们就会把自己变得很卑劣。过了五十岁还活着，我们就是越界的胆小鬼，我想，那就倍加可怜。我现在就是恬不知耻的人，我想。我羡慕那些亡故者。甚至因其优越地位而憎恨他们。到特赖西这件事做得不是很明智，完全出于好奇，没有半点儿有价值的理由，我站在旅馆里，厌恶这家旅馆，最厌恶的当然还是我自己。谁知道，也许人家根本就不让我进狩猎屋，肯定现在那里已经有新的主人了，不接待任何人，尤其是我，他们总是憎恨我，这我知道，韦特海默总是在我面前这样讲他的亲戚，我估计他们像憎恨韦特海默一样也憎恨我。他们现在可能视我为最不待见的入侵者，我想。我应该飞回马德里，不该到特赖西来，这完全是一次多余

56

的旅行，我想。我这个人怎么变得如此毫无廉耻，我想。我觉得自己忽然像是一个尸体抢劫者，我打算要干的事情是观看狩猎屋，走进所有的房间，不漏掉任何细节，边看边思考。我这个人很可怕，我想，让人讨厌，让人反感。当我想喊女老板时，又忽然胆怯起来，她可能过早出现在我面前，其实我现在不想她过来打断我的思路，把我在这里的构想毁于一旦，即我突然允许自己离题去想有关格伦和韦特海默的事情。我的确曾打算且现在仍然打算有机会看一下韦特海默留下的那些文稿。韦特海默经常谈到他陆续写下来的一些文章。他嘴上说这些东西毫无意义，但他的表情却是很自负的样子，这使我推测这些他所谓的毫无意义的东西其实很有价值，无论如何这是韦特海默那些值得获取的思想，应该搜集、拯救和整理，我想，我似乎已经看到大堆的笔记本（和纸条），上面记载的基本上是数学-哲学的内容。但继承者们是不会将这些本册（和纸条），将所有这些文稿搬出来给你看的，我想。他们首先就不会让我走进狩猎屋。他们会问我是谁，我说我是谁后他们会砰的一声把门关上。我的名声让人憎恶，如同洪水猛兽，他们听了一定会立刻把门关上并上锁，我想。这个想前往狩猎屋的疯狂念头是在马德里就有的，很可能韦特海默除了我，没有跟任何人透露他有这些文稿，我想，他把这些

57

东西藏在了什么地方，我如果东搜西寻把这些文稿给翻腾出来，不管是在什么情况下，都是对不住他的。从格伦那里你搜寻不到任何这方面的资料，他不撰写这类东西，我想，韦特海默与此相反，他不断地写，许多年，几十年不间断。我主要想得到一些关于格伦的有意思的记载，我想，无论如何，总是关于我们仨，关于我们的学院生活，我们的教师，关于我们的发展，关于整个世界的变化，我站在旅馆里想，同时朝着厨房窗户看，什么也看不到，窗户玻璃脏得都变黑了。在这样肮脏的厨房做饭，我想，从这样肮脏的厨房里把菜饭送到厅堂里客人面前，我想。奥地利所有餐馆的卫生情况都很差劲，让人走进去立刻没了胃口，我想，在这些餐馆里没有一块桌布是干干净净的，更不要说有餐巾布了，但是在瑞士，这是不言而喻的事情。那里即使很小的旅馆也让你感到舒服，让你立刻想吃点儿什么东西，可是在奥地利哪怕有名的大酒店也脏得令人倒胃口。那房间的情况就更可怕了！我想。他们经常把用过的床上用品只是稍加熨烫，便给下一个客人用，卫生间的洗手盆里还留有前面客人的一缕缕头发。想起奥地利的旅馆我就感到厌恶，餐具不干净，仔细看上去，刀叉、汤匙总是脏兮兮的。可是韦特海默经常到这家旅馆用餐，他说他至少每天得见上一回其他人，哪怕是这位衣衫不整、脏了吧唧的女老板。于是我离开一个笼子，进入另一个笼子，韦特海默说，离开煤市大街寓所进入特赖西，然后又返回煤市大街，他说，我想。从那可怕的大城市笼子里出来进入可怕的树林笼子，有时我藏在这里，有时在那里，有时在变态的煤市大街，有时在变态的乡村森林里。我从这一处逃离出来，又钻进另一处，一辈子就是这样。但这样的情况我已经习惯了，已完全无法想象还有别的什么生活方式，他说。格伦把自己关在美国的笼子里，我则关在奥地利的笼子里，韦特海默说，我想。他狂热地待在笼子里，我绝望地待在笼子里，他说。我们三个都处于绝望状态，我想。我对格伦讲述了我们的狩猎屋，韦特海默说，我相信这启发了他，他在美国把住所建在森林里，这是他的工作室，他的绝望的隔离间，韦特海默说，我想。你说他是多么疯癫，避开所有的人，在森林中间建立自己的音乐工作室，几公里内没有人烟，只有疯子才干得出来这种事情，韦特海默说。我不需要建立什么绝望的工作室，特赖西就是我的绝望工作室。我从我父亲那里继承这处房产，他在这里一个人生活多年，不像我那么过分敏感，那么牢骚满腹，那么可怜巴巴，韦特海默说。我们有一个很理想的妹妹，她在我们最不利的时刻离开了我们，无所顾忌地一走了之，韦特海默说。去了瑞士，那里的一切都在败落，瑞士是欧洲最没有个性的国家，他说。我在瑞士总感觉是在妓院里，他说。一切都充斥着淫荡，无论是在城市还是在乡村，他说。在圣莫里茨、萨斯费、格施塔德，更不要说苏黎世、巴塞尔，世界妓院，韦特海默多次说，世界妓院，地道的世界妓院。库尔这座阴郁的城市，他提高嗓门说，在这里直到如今还听到主教说着早晨好和晚上好。我妹妹竟然去了这么个地方，为了躲避我，说我残酷，说我在毁掉她的生活！韦特海默说，我想。她住到了齐策斯，那个地方的天主教，臭气熏天！格伦的死对我打击太大了，我现在又清清楚楚听到他在说，我站在旅馆里，仍然在原地，只是把我的提包放在了地上。韦特海默非自杀不可，我对自己说，他没有前途了。他活到了头，无法再生存下去了。他在女老板这里与她睡觉，他做这种事情很适合，我望着厅堂的天花板，推测他们俩就是在厅堂上面女老板房间的床上结合在一起，肮脏床铺上的超级审美者，我想。这位敏觉善感者一直认为，只能与叔本华、康德和斯宾诺莎一起生活，间或也与旺克哈姆的女老板一起，在鸡毛被子底下。我先是大笑起来，然后觉得恶心。我的笑声没有人听见。女老板没有出现。置身其中的餐厅我越看越觉得肮脏，整个旅馆脏得超过设想。但我没有选择的余地，这一带只有这一家旅馆。格伦从来没有演奏过肖邦，我想。他拒绝一切邀请，拒绝接受极其丰厚的报酬。他一直劝告大家不要说他是一个不幸的人，他是那个最幸福的人，是最成功者。我曾在马德里的笔记本上记录：音乐／痴迷／追求荣誉／格伦。在我发现了哈代之后，曾在一九六三年给格伦的一封信中描写过太阳门广场那些人，描写过斗牛、丽池公园的沉思，我想，格伦从未回应过。韦特海默常常邀请格伦到特赖西，他想，格伦会对狩猎屋感兴趣，格伦从未接受过邀请，韦特海默其实也不喜欢狩猎屋，更不要说格伦了。霍洛维茨不是数学家，格伦·古尔德曾经是。曾经是。我们说他是，忽然又说，他过去是，这种可怕的曾经是，我想。我每逢比方说试着阐释勋伯格，韦特海默就参与进来，格伦从来都不这样做。韦特海默忍受不了别人知道得比他多，无法容忍别人阐释的事情他可能一无所知。这是对无知的一种羞耻感，我站在旅馆里等待女老板时想。另外，韦特海默是一位读者，格伦不是，我也不是。我读得不多，总是读同样的东西，同一位作家的同一种书，同一些哲学家，可是自己却感觉仿佛每次都在读完全不同的内容。我有这种本事，把同一本书一再当成另外一本书来读，来接受，将其发展演变到难以设想的高度，韦特海默和格伦都没有这种能力。格伦几乎从不读书，他厌恶文学，这符合他这个人的秉性。只关注对实现我自己的目标有用的那些事物，他说，有利于完善我的艺术的那些事物。巴赫的一切都在他的脑子里，还有亨德尔，许多莫扎特的音乐，还有全部巴托克，他可以坐到钢琴前，数小时地，如他自己所说，演绎，用韦特海默的话说那是无任何差错的、天才格伦式的阐释。我在僧侣山与格伦邂逅那一刻就看出来，这是一位我这一生所遇到的罕见的出类拔萃的人物，我想。我这个人相面的水平还是很厉害的。几年后我的判断得到世界的证实，看到报纸上那些对格伦的赞美之词，对自己的先见之明反而感到有点不好意思。我们就是这样的存在，我们没有别的选择，格伦曾说。我们做的一切完全都是荒谬的，包括格伦，我想。韦特海默的死也是事先就预料到了的，我想。值得注意的是，韦特海默总是对我说，我将会自杀，在森林里自缢，在你喜欢的丽池公园，他曾经这样说，我想。我没有跟任何人打招呼，就打起行李去了马德里，把在奥地利的一切弃之于不顾，对此，他不原谅我。他已经习惯了我陪他在维也纳逛街，多年，十年了，不过走的总是他的路，而非我的，我想。他总比我走得快，我跟着他很吃力，虽然他是病人，而不是我，正因为他是病人，所以他总是走在我前面，我想，总是一开始就把我落在后边。沉落者这个称谓是格伦的天才发明，我想，格伦从与我们相识那个时刻就看透了韦特海默，他头一眼就能立即把人给完全看透了，无论是谁。韦特海默每天五点起床，我五点半，而格伦是九点半才起床，因为他将近凌晨四点才上床，而且不是为了睡觉，格伦说，是让极度疲倦的身体逐渐恢复。我去自杀，我想，在格伦逝世、韦特海默自杀之后，我在旅馆里边环顾四周边想。奥地利旅馆房间的潮湿是可怕的，格伦也总是害怕，他害怕住在这样空气流通不畅或根本不通风的房间里，会闭上眼睛就醒不过来了。的确有许多客人在我们的旅馆房间里遭遇死亡厄运，旅店老板不开窗户，即使夏天也都把窗户关着，墙壁永远是潮乎乎的。这种到处泛滥的鄙陋，我想，如此彻底的无产阶级化，哪怕我们那些最漂亮的旅馆也不例外，今天仍在继续。没有哪个词比社会主义更让我厌恶，你想想看，这个概念造成了多么严重的后果。到处都是我们卑劣的社会主义者的极其卑劣的社会主义，他们利用社会主义对付人民，逐渐把人民弄得如他们一样卑劣。今天无论朝哪儿看，看到的和感觉到的都是这样致命的、卑劣的社会主义，它渗透进一切事物当中。这家旅馆的房间我了解，我想住在这里也是会要你的命的。我来到旺克哈姆只是想再看看狩猎屋，我这会儿觉得这个想法尤其卑鄙无耻。另一方面，我立刻对自己说，我欠韦特海默的，正是这个句子我管自说着，我欠韦特海默的，我大声地管自说着这句话。谎话

63

连篇。好奇一直是我的特点，现在又控制了我。可能狩猎屋的继承者们已经把狩猎屋彻底清理了，我想，把狩猎屋完全改变了，继承人的做法经常都是匆忙行事，是我们无法想象的肆无忌惮。常常是被继承人死亡只有几个小时，他们便开始清理，如人们所说的把一切都扫地出门，不让任何人靠近。韦特海默把他的亲戚们描绘得十分可怕，像他那样贬低亲戚实属罕见，等于把他们一个个全打翻在地。他恨父亲、母亲，还有他的妹妹，把自己的不幸归罪于他们。他们从上边把他扔进生存这架机器，让他完全毁坏后从下边出来。抵抗是没有用的，他一再这样说。作为小孩子，母亲把他扔进这架生存机器，父亲一辈子操作这架把儿子彻底粉碎的机器。父母知道得很清楚，他们自己生活在不幸中，他们要把这不幸在孩子身上继续下去，他们残酷地生下孩子，然后将其抛进生存机器，韦特海默说，我想，同时打量着厅堂。我第一次见到韦特海默是在努斯多夫大街市场前。他原本应该成为像他父亲那样的商人，但是说到底，他，韦特海默，也没有成为他想要成为的音乐家，而是被所谓的精神科学给毁了，他自己说。我们躲避了这个灾，却进入了那个祸，我们就这样毁掉了，他说。我们总是离开，直到我们停止了，放弃了，他说。像我一样偏爱墓地的氛围，我想，好些天只待在德布林和林山麓新施蒂夫特的公墓里，我想。一辈子都渴望独处，我想，我也是这样。韦特海默和我不同，不是一个喜欢旅行的人，不是那种总想换个环境的人。他与父母一起去过埃及，仅此而已。相反，我总是利用一切机会外出旅行，随便去哪儿，破天荒第一次旅游就去了威尼斯，拎着外祖父用过的医生提包，揣着一百五十奥地利先令，计划待上十天，每天去学院美术馆、看凤凰大剧院的演出。在凤凰大剧院第一次观看了伏尔泰的悲剧《唐克雷蒂》，我想，头一回心中萌生了在音乐方面有所作为的愿望。韦特海默总是那个沉落者。没有人像他那样经常在维也纳街上闲逛，朝各个方向翻来覆去走，直至筋疲力尽。一种转移视线和注意力的把戏，我想。他特别费鞋，格伦也说，韦特海默是鞋靴狂热者，我想，他在煤市大街的寓所里有几百双鞋，鞋的泛滥弄得他妹妹几乎发疯。他敬重、热爱他的妹妹，我想，但时间长了，他终于把妹妹弄得几乎疯癫。在最后关头他妹妹逃离了，去了库尔附近的齐策斯，不再与他联系，把他一个人扔在奥地利。妹妹的衣物仍然原封不动地放在衣柜里。韦特海默不动他妹妹的任何东西。归根到底，我把我妹妹只作为乐谱的翻页者来使用，他曾经说，我想。没有人翻乐谱翻得比她更好，这是我不顾一切对她指教的结果，他曾说，妹妹原本连乐谱也不识。我那天才的翻谱者，他曾说，我想。他把他妹妹降低为只是一个翻乐谱的人，妹妹终究无法忍受。他认为她永远也找不到会娶她的男人，结果证明他的看法是大错而特错。韦特海默为他妹妹建造了一个绝对坚固的牢狱，但是她还是像人们说的那样，一夜之间冲破了牢笼。这让她兄长颇觉没有颜面。他坐在沙发椅上，只是一心想着自杀，他自己说，我想，他就这样考虑了好几天到底以怎样的方式，终究还是没有真的去做。格伦的死使他心里一直存在着自杀的念头，妹妹冲破牢笼的逃离使他这个想法更加强烈。格伦的死使他感到极为震撼，他意识到了自己的失败。至于他妹妹，他认为妹妹简直就是卑鄙无耻，在他极其困难的时刻将他扔下不管，跟着一个不值一提的瑞士人跑了，看看这位的打扮，穿着那种无聊的尖翻领的风雨衣，脚蹬巴利牌带黄铜扣子的皮靴，他说，我想。我真不该让妹妹去找那位可恶的内科医生霍希（她的医生！）看病，他说，他妹妹就是在看病时与这个瑞士人相识的，医生们都愿意与这些化工康采恩阔佬打交道，他说，我想。不该让她去看那个医生，他谈起四十六岁的妹妹时这样说，我想。四十六岁的妹妹，每次出门得请求她兄长批准，得向他报告出行情况。他，韦特海默，先是以为一眼就看出这个无比贪婪的瑞士人跟他妹妹结婚，图的是妹妹的财产，可是后来才知道，这个家伙远比他们

66

俩加在一起更有钱，是地地道道的大富翁，而且是瑞士的大富翁，这就是说，拥有比奥地利的同行多出数倍的财富，他说。这个（瑞士）人的父亲，韦特海默说，是苏黎世信贷银行的董事，想想看，韦特海默说，他的儿子拥有最大的化工康采恩之一！这位瑞士人的第一任妻子莫名其妙地死了，没有人知道实情。我的妹妹是这位暴发户的第二任妻子，韦特海默说，我想。有一次韦特海默在冰冷的圣斯特凡大教堂坐了八个小时，目不转睛盯着圣坛。教堂司事对他说，先生，教堂要关门了，然后把他赶了出来。往外走时他一时冲动给了司事一张一百奥地利先令的大票，韦特海默说，我要求在圣斯特凡大教堂一直坐下去，直至我停止呼吸倒下，他说。但我没有能办到，我不能完全集中精力于这件事，他说，只有极端集中精力于某事，我们的愿望才能实现。自儿时起，我就希望死，像常说的那样自取灭亡，但从未能极其集中精力这样做。他来到一个世界里，而这个世界从一开始就无论哪个方面都让他极其厌恶，对此，他始终耿耿于怀。他已经有一把年纪了，以为想死的愿望可能已不存在了，不，不但仍然存在，而且年复一年益发强烈，但是还没有达到那种已经集中全部精力、务必付诸实现的程度，他说。我那有增无减的好奇心妨碍我自杀，他说，我想。我们不能原谅把我们造就在母亲体内的父亲，不能原谅诞下我们的母亲，他说，不能原谅我们的姐妹，她们始终是我们不幸的见证者。生存不是别的什么，就是绝望，他说。我每天早晨起床就开始厌恶自己，对要面对的一切感到害怕。晚上躺到床上，只一门心思去想死亡，不再起来，可是每次又睁开眼醒来，这可怕的事情一再重复，最终重复了五十年，他说。每当我们想到，我们五十年里的心愿只是死亡，可是一直却还活着，我们无法改变这种状况，因为我们实在太不坚定了，他说。我们就是可怜的人，就是卑劣的人。不是什么音乐天才！他喊道，没有生活能力！我们很自负，以为上大学学音乐就能成气候，而其实我们甚至没有能力生活，没有能力生存，因为不是我们生存，而是我们被生存！他有一次在魏林格大街这样说，在我们在布里吉特瑙行走了四个半小时、已经精疲力竭之后。以前我们经常在珊瑚咖啡馆待到半夜，现在，我们甚至都不去竞技场冷餐馆了！他说，一切都发生了变化，朝着绝对不利于我们的方向。我们以为我们有朋友，可是时间一长，我们就看到我们根本就没有朋友，因为我们根本不与任何人在一起，这是事实，他说。把自己束缚在贝森朵夫钢琴上，日久天长就显露出来，这是一个错误，是令人恐惧的事情。格伦有幸猝死在他的施坦威钢琴上，正弹奏着《哥德堡变奏曲》。韦特海默说，他自己多年以来就试图以这种方式结束自己的一生，都没有成功。多次与妹妹一起在所谓的普拉特林荫大道散步，为了改善他妹妹的健康状况，他说，让她呼吸新鲜空气，但他妹妹对这一做法并不以为然，为什么只在普拉特林荫大道，而不是布尔根兰，为什么只在普拉特林荫大道，而不是克劳伊岑施坦因，或者雷茨，她永远也不满足，我为她做了一切，她可以买她喜欢的任何衣服，韦特海默说。我惯着她、宠着她，可是她在我全心全意这样做的时候，他说，她逃离了我，到库尔附近的齐策斯，那个令人恐惧的地方。所有的人，遇到了难题不知道该怎么办的时候，便去瑞士，他说，我想。殊不知瑞士对所有的人都是致命的监牢，人们在那里会窒息身亡，我的妹妹也会因瑞士而窒息身亡，他预见到了，齐策斯会弄死她，那个瑞士家伙会弄死她，瑞士这个地方会弄死她，他说，我想。偏偏去齐策斯，瞧这个变态的地名，他说，我想。可能这是父母的策划，他说，我和我的妹妹一辈子都逃脱不了父母的算计。但父母的策划和算计并没有如愿兑现。我们打造了一个儿子，父母可能这样想，再造一个妹妹出来，让他们一生一世直至生命尽头，相互支持、相互毁灭，可能父母就是这样设想的，恶魔般阴险，他说。父母的设计当然也可能无法实现，他说。妹妹没有遵照父母的规划去做，她是强者，他说，

69

我一直是弱者，绝对是弱的一方，他说。我和韦特海默一起走路，稍微有一点坡他就喘不上气来，却径直朝前跑将我落下。他不能走步梯上楼，却率先上了四楼，这一切都是自杀的尝试，是摆脱生存徒劳的尝试，我现在想，同时观察着厅堂。有一次，他和他妹妹一起去了帕绍，他父亲对他讲，帕绍是一座美丽的城市，那里非同寻常地舒适，但他们刚到那里，就看到帕绍是一座最丑陋的城市，与萨尔茨堡可以相提并论，到处令人感到无助、丑陋和可恶的粗鲁，就是这样一座城市却很自负，大言不惭地、骄傲地称自己是三河城市，让人瞠目。他们进入这座三河城没多远，便转身想要离开，因数小时之内都没有火车开往维也纳，就乘出租车返回。由于这次经历，他们放弃了所有旅行计划，好多年没有再外出旅游，我想。这期间，每逢他妹妹又有什么旅行的愿望，韦特海默只消对她说：想想去帕绍的经历吧！于是他和妹妹之间关于旅行的争论刚开始便终结了。韦特海默的贝森朵夫三角钢琴拍卖掉了，代之以约瑟夫时代的写字台，我想。我们不必总要学习和研究点什么，我想，我们只要学会思考，仅仅只是思考，让头脑自由思考就足够了。我们屈从世界观，完全听凭其摆布，这是最困难的，我想。韦特海默在拍卖掉他那架贝森朵夫钢琴时，还做不到，后来也不能，与此相反，我能这样做，我想。这一长处也使我能只带着个小旅行包，在某一天离开奥地利，首先去葡萄牙，然后去西班牙，在普拉多大街定居，紧挨着苏富比拍卖公司。突然，或者说，一夜之间，我便成为观世界艺术家了。对于我瞬间造的这个词，我禁不住笑出声来。我朝厨房窗户走了几步，但我之前就知道，无法透过玻璃窗看到里面，因为如前所说，从上到下都脏得不透明了。所有奥地利的厨房窗户都这样脏，从外边无法看到里面的情况，我想这当然很有利，不然的话，人们可以直接看到厨房里异乎寻常的肮脏，看到奥地利厨房的不堪入目。我又往后走了几步，回到我整个时间站立的地方。格伦在对他最有利的时刻死去，我想，但韦特海默没有在对他最有利的时刻自杀，要自杀的人，从来不能在自己最有利的时刻付诸实施，但所谓的自然死亡，总是在最有利的时刻出现。韦特海默打算仿效格伦，我想，同时要让他妹妹看到，他要报复她对他所做的一切，具体说就是他特意选择距她家一百步的地方上吊。他买了去库尔附近齐策斯的火车票，到那里在离他妹妹家一百步的地方自杀。人们发现了他，有好几天不知道死者的身份。直到四五天后，韦特海默这个名字引起了医院一名职员的注意，联想到化工康采恩老板夫人；他知道这位夫人以前是韦特海默女士，这名职员心生疑惑，就在齐策斯询问，病理解

71

剖室里躺着的自杀者韦特海默，是否与齐策斯化工康采恩老板的夫人有某种关系。韦特海默的妹妹根本就不知道离她家不远的地方有人上吊，立刻去库尔，走进医院的病理解剖室，认出了死者就是她的兄长。韦特海默的计划达到了目的：他的自杀，以及为此选择的地方，使他的妹妹一辈子都陷于无法解脱的负罪感当中，我想。这种算计适合韦特海默，我想。但他也因此把自己弄得很可怜，我想。为实现他的意图，从特赖西出发到离他妹妹家不远的地方，在一棵树上上吊，我想。这是早就计划好的自杀，我想，并非一时绝望的冲动。我不会从马德里乘车去库尔参加他的葬礼，我想，可是我既然已经在维也纳，自然是要去库尔的，再从库尔到特赖西。现在我真的很怀疑，是否当时从库尔直接乘车到维也纳更好，而不是在特赖西停下来。目前我不清楚我到这儿来干什么，完全为浅薄的好奇心所驱使，自以为到这儿来很必要，装作不这样做说不过去。我没有对韦特海默的妹妹说，我打算去特赖西，我在库尔根本还没有往这方面想，到了火车上我才有这个想法。在阿特南-普赫海姆下车到特赖西，在旺克哈姆过夜，像我以前到特赖西习惯做的那样，我想。我一直想，某一天我会去参加韦特海默的葬礼，当然不知道什么时候，但一定会这样做，尽管我从来没有表示过有这样的想法，尤其没有对韦特海默本人说过。而他，韦特海默，经常对我说，他某一天要参加我的葬礼，我一面仍然在等待旅馆女老板一面想。我断定韦特海默在某一天会自杀，其理由不断地萦绕在我的脑海中。事实证明，格伦的死对他来说还不是致使他自杀的决定因素，他妹妹离开他，给了他沉重的打击，格伦辞世已经是他亡命的开端，再加上他妹妹与瑞士人结婚。他企图用无休止地在维也纳城里漫步来拯救自己，但无济于事，要彻底扭转局势已不可能，在第二十区和第二十一区他喜欢的工人住宅区，主要是在布里吉特瑙和凯泽米伦这些地方，还有普拉特的一些三教九流居住的街巷，诸如齐尔库斯胡同、许特尔大街、拉德茨基大街等。好几个月里，他就这么在维也纳走来走去，日日夜夜，直至累得不能动弹。并没有起到应有的作用。他起初对特赖西的狩猎屋也期待很高，认为那里可以让他生存下去，结果也只能是幻想而已；据我所知，他先把自己关在那里达三周之久，然后去找伐木工人，用自己的问题去烦扰人家。这些普通的人并不理解复杂的人，无所顾忌地将后者推开，让他们自己解决自己的问题，我想。认为普通人会拯救你们这些复杂的人是极大的错误。这些心中充满苦恼的人去找他们，郑重其事地祈求他们拯救，他们则把你推进更深的绝望中。这些普通的人如何能够把那些离谱的人从他们古怪的处境中解救出来呢，我想。韦特海默在他妹妹离开了他以后除了自杀，没有别的选择，我想。他本想出一本书，没有办到，因为他总是把草稿改来改去，不断地删，不断地改，最后把草稿改没了，修改的结果就是把草稿全部划掉，最终，草稿只剩下《沉落者》这个标题了。他对我说，现在我的手稿只有题目还存在，这很好。我不知道是否还有力量写第二本书，我想不会，他说，如果《沉落者》发表了，他说，我想，我必然就会自杀。但是另外一方面，他是一个喜欢写笔记的人，写满了成千上万张纸条，堆放在煤市大街的寓所和特赖西的狩猎屋。也许这些纸条的确令你感兴趣，让你在阿特南-普赫海姆下车，我想。或者这样做只不过是一种缓兵之计，因为你厌恶维也纳。把他写的那成千上万张纸条组合排列，我想，然后以《沉落者》为题出版。荒谬。我估计他已经把在特赖西和维也纳的这些纸条全部销毁了。让一切消失得杳无踪迹，这也是他的名言之一。每逢我们的一个朋友离开了这个世界，我们就牢牢地把他钉在他自己的名言和话语上，用他自己的武器杀死他。一方面，他生活在一辈子对我们（也对他人）讲的话语中，另外一方面，我们用这些话语将他杀死。说到用他的话语、他的文字（对付他！），我们简直是有恃无恐，我想，如果我们没有他的文字，因为他有先见之明将其销毁了，于是我们就用他的话语来消灭他，我想。我们从他遗留的资料中榨取我们所需要的，为了使死者死得更加彻底，如果他没有遗留下我们毁灭他所需要的东西，我们干脆就去编造，编造他的话语来对付他，如此这般，不一而足，我想。继承者是残酷的，这些还活着的人对待死者无所不用其极，我想。我们寻找有利于我们诋毁他的证据，我想。我们劫掠可以对付他的一切，为了改善我们的处境，我想，这就是事实。韦特海默一直就是一个准自杀者，但他让他的生命超期服役，他本该在自杀的几年前就结束自己的生命，比格伦更早，我想。他的自杀很尴尬、很卑劣，看看他采取的方式，偏偏要在齐策斯他妹妹的房前上吊，我这样想主要是为了平息自己心中的内疚，因为我始终不能释怀，为什么我没有回复韦特海默的来信，在某种程度上对他孤独的处境无动于衷，说什么自己不能离开马德里，其实是卑鄙的谎言，目的是不让朋友的事情左右自己，我现在看他写给我的信，那是韦特海默希望从我这里得到他活下去的最后机会，他在自杀前一连往马德里给我写了四封信，我都置之不理，直到他写了第五封信，我才回复说，我绝对不能离开马德里，无论是什么目的，返回奥地利就是毁掉我正在进行的写作。是的，我在写《论格伦·古尔德》，我把写格伦·古尔德作为借口，写得很不像样的东西，我现在想，回到马德里立刻把我写的扔进火炉里烧掉，没有一点儿价值。我很可耻，在韦特海默最困难的时候扔下他不管，背弃了他。但是我对他的自杀应负有责任，我绝对不这么想，我对自己说，我对他已经不再有什么用处，我也无法拯救他，他这个人已经到了非自杀不可的地步了。高等学校应该负有责任，尤其是高等音乐学院！要做名人，而且要以最简单的方式，以可能的最快速度，这是最开始时的想法，为达到此目的，当然高等音乐学府是理想的跳板，我们仨，格伦、韦特海默和我，就是这样想的。但是我们仨的设想，只有格伦实现了，归根到底，格伦为实现其目的利用了我们，我想，他利用一切，为了能成为他这个格伦·古尔德，尽管他并非有意识这样做，我想。我们，韦特海默和我，为了给他开辟道路不得不放弃努力，我当时这样想，看来绝非像现在我觉得的那样荒谬。但是格伦，当他来到欧洲，在霍洛维茨指导下学习时就已经证明自己是天才，我们在那个时候就已是失败者，我想。说实在的，我并不想成为钢琴大师，读莫扎特音乐学院，以及与此相关的一切，对于我不过是个借口，为的是摆脱这个世界带给我的那些难以忍受的无聊，摆脱很早就折腾我的对生活的厌倦。韦特海默的情况与我相同，因此我们俩如上所述毫无建树，我们也根本不想取得什么成就，与格伦相反，他无论如何都想成为格伦·古尔德，让这个名字响当当，他必须到欧洲来利用霍洛维茨，成为他无比渴望、梦寐以求的音乐天才，即所谓让世界目瞪口呆的钢琴大师。让世界目瞪口呆，这个表达让我感到高兴，我仍然在旅馆厅堂等待女老板，她在旅馆后面，我想，正在给猪喂食，根据从那儿传过来的声响可以判断出来。我本人从未像格伦那样渴望让世界目瞪口呆，这样的欲望韦特海默也没有，我想。相比起来韦特海默的脑袋更类似于我的，而非格伦的，我想，格伦的绝对是艺术大师的脑袋，而韦特海默和我的不是，我们的是理性的脑袋。其实我现在既说不出艺术大师的脑袋是怎样的脑袋，也不知道理性的脑袋是怎样的脑袋。与格伦·古尔德走得比较近的不是韦特海默，而是我。我走近他，与他熟悉起来，然后韦特海默才遇到我们，从根本上说，韦特海默在我们中间始终是一个局外人。但是把我们三个人联系起来的，可以说是过命的友谊，我想。韦特海默自杀这一行为严重伤害了他妹妹，我想，齐策斯这个偏僻的小地方，化工康采恩老板夫人的兄长在此地自杀，从现在起将成为这个小城抹不掉的记忆，我想，在他妹妹家对面的一棵树上上吊身亡，这一无耻行径极其严重地伤害了他妹妹。韦特海默不在乎葬礼如何隆重，我想，他被埋在库尔也没有得到这样的待遇。葬礼的特别之处在于，早晨五点钟开始，在场的人除了库尔办理葬礼的人，只有韦特海默的妹妹、她的丈夫和我。被问到是否还要见韦特海默一面（值得注意的是问我的人是韦特海默的妹妹），我立即拒绝了。这个提问使我颇为抵触，葬礼的一切以及参加葬礼的人也让我厌恶，我现在想，要是没有去库尔参加葬礼该多好。从韦特海默妹妹发来的电报看不出韦特海默自杀了，只写着葬礼的时间。我首先想，他在看望他妹妹期间去世了。他去看望妹妹，这件事已经让我感到奇怪，我无法想象他会这样做。他从未去齐策斯看望过他妹妹，我想。他去齐策斯自杀，这分明是惩罚他的妹妹，而且其手段不能不说相当严酷，我想，好似用刀子扎他妹妹的心，让她一辈子无法摆脱伤痛。从维也纳到库尔乘火车走十三小时，奥地利的火车给人以衰败的印象，一般来说没有餐车，如果有餐车的话，里边的饭菜也十分糟糕。我看着面前的一杯矿泉水，想在二十年后的今天再读穆齐尔的《学生托乐思的迷惘》，但是没有读下去，我无法忍受小说的叙述方式，读了一页就把书放下了。另一方面，我也不能读帕斯卡来打发时间，他的《思想录》我都能背下来，对他的表达风格逐渐不太感兴趣了。于是我转身观看外边的风景。经过的一些城市给人以不景气的印象，农民的房舍失去了原本的韵味，住户把旧窗户拆除，代之以毫无美感可言的塑料窗框。主导着风景的不再是教堂的塔楼，而今是进口的塑料筒仓、巨型仓库尖顶。从维也纳到林茨这一段路上，是毫无景色可言的无聊。从林茨到萨尔茨堡也没有多好。蒂罗尔的山脉使我感到压抑。福拉尔贝格地区是我一向所憎恶的，同样还有瑞士，像我父亲总说的，那里的一切可以用"愚钝"来概括，在这一点上，我与他没有冲突。我认识库尔这个地方，是因为当年与父母亲一起打算到圣莫里茨，总是在库尔过夜，而且总是住同一家旅馆，里边有一股薄荷茶的味道，因为我父亲在过往的四十年里，一直是这里的常客，可以享受到百分之二十的优惠。这家旅馆位于市中心，据说有不错的声誉，我忘记了它的名字，如果我没记错的话，可能叫向阳旅馆，尽管它所在的位置比较昏暗。库尔酒馆的葡萄酒品质不好，佐酒的香肠也不怎么样。我父亲总和我们一起在旅馆里吃晚饭，也就简单吃点儿什么，说库尔是很舒适的中间站，我一直不同意这种看法，在这里总是感到特别不舒服。像萨尔茨堡人一样，库尔人身上的高山愚钝性格更让我憎恶。我一直觉得这是一种惩罚，与父母亲一起，有时只与父亲一起，去圣莫里茨，在库尔停歇，住在这家无聊的旅馆，窗户外边是一条狭窄的、直至旅馆三层都很潮湿的胡同。在库尔我从来没有真正地睡过觉，我想，总有一种绝望的情绪控制着我，整个夜里醒着躺在床上。库尔的确是我见过的最阴郁的地方，即使萨尔茨堡也不这样阴郁得甚至让人生病。库尔人与他们的城市一样。在这里一个人哪怕只住一个晚上，也会因此毁掉一生。但是直到今天，从维也纳乘火车出发，在一天内也到不了圣莫里茨，我想。我不在库尔城里过夜，在我童年的记忆里库尔这座城市就是让人败兴的。我乘火车经过库尔，在库尔和齐策斯中间下车，我发现那里有一家旅店。第二天，即葬礼那天早晨离开时，我看到这家旅店叫蓝鹰，当然也是一夜未眠。格伦的死，对于韦特海默的影响的确很大，但还没有构成致其死亡的决定性因素，我想，他妹妹离开他，嫁给那个瑞士人，导致了韦特海默的死亡。在我出发去库尔之前，我在维也纳寓所听了格伦的《哥德堡变奏曲》，听了一遍又一遍，一次又一次从扶手椅里站起来，在工作室里来回踱步，想象着，格伦这时真的是在我这里演奏《哥德堡变奏曲》，我一边踱步，一边想弄清楚现在听他这些唱片里的演奏，与当年，即二十八年前，我们，霍洛维茨、韦特海默和我，在莫扎特音乐学院听他当面演奏有什么区别。我确定并没有什么区别。格伦在二十八年前演奏的《哥德堡变奏曲》，与这些唱片一样，这些唱片是他在我五十岁生日时送给我的礼物，是他让我纽约的女友带到维也纳的。我一边听着他演奏《哥德堡变奏曲》，一边想，他希望他演奏的这支曲子让他流芳百世，我想他可能做到了，我无法想象这个世界上除了他还有第二个人能像他这样演奏，就是说像他这样富有天才地演绎。为了更好地写关于格伦的文章，我反复听他的《哥德堡变奏曲》，同时清楚看到我的居所是多么荒凉，我足有三年没有来过了。这期间也没有别人来过，我想。我离开这里三年了，一直待在普拉多大街，在这三年里，根本无法设想什么时候还回维也纳，从来没有认真想过什么时候重返维也纳，这座我十分憎恨的城市，同样也再没有想过重返我十分憎恨的奥地利。离开维也纳永远不再回来，对我来说，这意味着拯救，恰恰在马德里我找到了理想的生存中心，不是逐渐地，是所谓的一见钟情，我想。在维也纳，像韦特海默说的那样，一直待下去就会被逐渐吃掉，被维也纳人窒息，被奥地利人毁灭。我心中的一切都必然会在维也纳窒息，在奥地利毁灭，我想，韦特海默也同样觉得，维也纳人必然会让他窒息，奥地利人必然会把他毁灭。但韦特海默这个人不会一夜之间就决定去马德里，去里斯本，或者去罗马，与我相反，他不会这样做。他总是只会躲到特赖西，但那里的一切更加糟糕。在那里只与精神科学打交道，他必然崩溃。与他妹妹一起还可以，单独一个人只与精神科学打交道不行，我想。他根本就不了解库尔这座城市，最终他对其如此憎恨，仅仅这城市的名字，库尔这个词，就足以使他非到那里去自杀不可，我想。库尔这个词，同样还有齐策斯这个名字，最终迫使他乘火车去瑞士，在一棵树上吊死，自然是在一棵离他妹妹家不远的树上。预谋也是他的一个词语，用在这次自杀上的确很恰当，我想，他的自杀就是预谋的，我想。我身上所有的禀赋都与死亡有关，他有一回曾对我说，这是生我者的居心叵测，他说，我想。他总是读那些关于自杀的书，讲疾病和死亡的书，我站在旅馆厅堂里想，书里边写的都是人的悲苦，没有出路，人的所作所为毫无用处，毫无意义，书里面写的一切可以概括为毁灭和灾难。他特别喜欢读陀思妥耶夫斯基及其所有的继承者，总之对俄罗斯文学情有独钟，因为这的确是死亡文学，还有那使人沮丧的法国哲学家。他最有兴趣、读得最多的是医药方面的文章，总是到医院和临终病院，到养老院和停尸房。这个习惯，他一直保持到生命的最后时刻。其实他也害怕到医院和临终病院，到养老院和停尸房，但他一再去医院、临终病院、养老院和停尸房。如果因种种原因无法去医院，他便读关于病人与疾病的文章和书籍；如果没有机会去临终病院，他便读关于垂危病人的文章和书籍；如果无法去养老院，他便读关于老年人的文章和书籍；如果没有机会去停尸房，他便读关于死人的文章和书籍。我们当然想与我们痴迷的事物具体打交道，他曾说，就是说与病人、垂危病人、老人和死人直接打交道，因为只是书面上或者说理论上已经不够了，但是从长远来看，我们只能依靠理论上去探讨，如同我们长久以来，只依赖理论上与音乐打交道一样，他说，我想。他对身处不幸的人感到痴迷，吸引他的不是人本身，而是人的不幸，只要有人的地方他都能遇到这种不幸，我想，他对与人打交道有瘾，因为他对接触不幸有瘾。人就是不幸，他一再说，我想，只有傻瓜才会说与此相反的话。出生到这个世上，就是不幸，他说，只要我们活着，不幸就持续不断，只有死亡能将其终止。这不等于说，我们生活中只有不幸。我们不幸的前提是，我们也能是幸福的。只有经过不幸这条弯路，我们才能幸福，他说，我想。我的父母让我在他们身上看到的，没有别的，只是不幸，他说，这是事实，我想，然而他们又总是很幸福，因此，他不能说他的父母是不幸的人，也不能说他们是幸福的人，如同他不能说自己是幸福的人，或者是不幸的人，因为所有的人都同时是不幸的人和幸福的人，有时候，他们的不幸大于幸福，有时候则相反。肯定的事实是，人的不幸大于幸福，他说，我想。他是一个格言警句作家，写过无数格言式的句子，我想，估计他把它们全都销毁了，他总是说，我在写格言警句，我想，这是没有多少价值的艺术，只是精神上一种呼吸短促的表现。某些人，尤其是法国的某些人，曾靠这种艺术生存，现在仍然如此，这些人我称之为半哲学家，他们的书常见于医院护士的床头柜上，也可以说，他们是适用于所有人的年历哲学家，我们经常在医院的候诊室墙上读到他们的格言，无论是消极的还是积极的，都令人厌恶。但是我无法克服写这种东西的习惯，最终，我不得不担心，我会写下几百万这样的文字，他说，我想，我很高兴能亲自把它们销毁，我不打算有朝一日，病房或者神父住所都用这些写着格言的纸糊墙，就像用歌德、利希滕贝格及其同类人的书页，他说，我想。我生来就不是哲学家的料，我得说，我并非完全无意识地把自己变成写格言警句的人，成为令人厌恶的所谓哲学合伙人，这样的人成千上万，他说，我想。用小小的即兴奇想达到相当大的效果蒙骗人，他说，我想。归根到底，我就是这样一个具有普遍危害的格言警句家，狂妄地、肆无忌惮地、不知羞耻地混入哲学家行列，如同鹿角甲虫混同于鹿，他说，我想。如果没有什么喝的就会渴死，没有什么吃的就会饿死，他说，所有这些格言无非就是这样一些所谓的智慧，诺瓦利斯写的格言例外，但是他也说了许多荒谬的话，他说，我想。在沙

84

漠里，我们渴望得到水，帕斯卡的格言就是这种样子，他说，我想。如果我们较真，即便是那些精辟的哲学言说，剩下的也只不过是这类可怜的格言式的味道，他说，无论是什么样的哲学，无论是哪一位哲学家，如果我们全力以赴，就是说调动我们一切的智能去探讨，都会破碎、都会坍塌，他说，我想。所有时间我都在讲精神科学，甚至不知道什么是精神科学，对其一窍不通，他说，我想，谈什么哲学？其实对其一无所知。谈什么生存？其实并不知道什么是生存，他说。经常我们开始研究点什么，并没有坚实的基础，常常对研究的课题一无所知，甚至茫然无头绪，他说，我想。如果我们着手于工作了，就会淹没在各个方面我们所拥有的浩瀚资料中不知所措，最终一无所成，这是事实，他说，我想。尽管我们知道这种情况，仍然还是一再致力于探讨我们所谓的人文精神方面的问题，去做我们不可能做到的事情：制造出精神产品。这是何等荒谬！他说，我想。从根本上说我们有能力做一切事情，同样，从根本上说，做任何事情我们都是失败者，他说，我想。我们伟大的哲学家，我们最伟大的文学家，他们已经萎缩成唯一的一个有价值的句子，他说，我想，事实就是这样。我们经常只能回想起一种所谓的哲学调门，别无其他，他说，我想。我们研读一部作品，一部巨著，比方说康德的作品，久而久之，这部作品就萎缩成康德那东普鲁士的小脑袋，萎缩成完全由夜和雾组成的模糊世界，它与其他世界一样以同样的无助而告终，他说，我想。本想造就的是一个庞大的世界，结果只剩下某种可笑的细节，他说，我想，一切大作都是这样的情况。所谓伟大，到头来变得只能让我们对其可笑和可怜感到同情。莎士比亚也萎缩成只能让我们感到滑稽可笑的模样，如果我们用锐利的目光去观察，他说，我想。这些大神已经早就胡子拉碴地出现在我们那种带把的大啤酒杯上了，他说，我想。只有傻瓜才敬佩他们，他说，我想。所谓精神人，在像他所说的划时代的作品中日渐憔悴，最终只把自己弄得贻笑大方，无论他叫什么名字，叔本华还是尼采，都一样，无论是克莱斯特还是伏尔泰，我们看到的原本是一个令人感动的人，他滥用他的头脑，到最后证明自己是一个荒谬的人，被历史一再超越。我们把伟大的思想家锁在我们的书柜里，被评判为永远可笑的这些东西，呆愣愣地从里面朝我们看，他说，我想。日日夜夜，我听到书柜里的这些伟大的思想家在抱怨，这些可笑的精神伟人，作为头脑萎缩者待在玻璃门后面，他说，我想。所有这些人都滥用了他们的天赋，在精神方面犯下严重罪行，为此他们受到惩罚，被我们永远禁闭到书柜里，让他们在这里窒息，事实就是这样。我们的图书室可以说是监狱，我们把我们的精神伟人关起来，康德自然享受单间，还有尼采、叔本华、帕斯卡、伏尔泰、蒙田，所有这些大师级的人物都住单间，其他人则关在集体牢房，但所有这些人都永远无限期地关在里边，亲爱的，别想从这里出去，这就是事实。如果这些罪犯有谁越狱逃跑，他们立即就会被制伏，就会把自己弄得十分可笑，这是事实。世人都知道保护自己不被这些所谓的精神伟人所伤害，他说，我想。这样的大师无论出现在哪里都会被制伏，被关起来，自然总是被判为没有人文精神、包藏祸心的人，他说，我想，同时我观察着厅堂的天花板。但是我们说的一切都没有意义，他说，我想，不论我们说的是什么，都是废话，我们整个一生都没有任何意义可言。这我早就明白了，刚开始会思想时就明白了，我们总是废话连篇，我们说的一切都毫无意义，一切对我们所说的也都是废话、蠢话，人们在这个世界上至今所说的一切都是废话、蠢话，他说，的确，写出来的文章当然也的确都是废话、谎话，我们拥有的书面的东西都毫无意义，如历史所证明的，只能都是毫无意义的文字，他说，我想。我到底还是逃遁到格言警句写作者这个概念中，他说，有一次，当有人问我从事什么工作，他说，我回答说，我是格言警句写作者。但人们不明白我说的意思，向来都是如此，如我说点什么，别人总是听不明白，因为我说的，并不是我说了我已说了的那个，他说，我想。我说的什么，他说，我想，其实是与我说的完全不一样的另外的什么，因此我一辈子不得不在被人误解中度过，完全生活在被误解当中，他说，我想。确切地说，我们只能诞生在被人误解当中，在我们整个生存期间，无法从这种被误解当中逃脱出来，不管我们怎样努力也办不到。每个人都观察到这种情形，他说，我想，因为每个人不停地说出的话被误解，无论其他方面如何，至少在这一点上大家还是有共识的，他说，我想。是误解把我们置于这个充满误解的世界，我们得忍受这个只有误解组成的世界，然后再以唯一的一个大的误解离开，因为死亡是最大的误解，他说，我想。韦特海默的父母个头矮小，韦特海默比他们高大，我想。他是一个称得上人们通常所说的身材魁梧的人，我想。仅仅在希卿¹他们家就拥有三座别墅，他父亲要把在格林卿的一座别墅过户给他，问他是否想要，他告诉父亲，他对这座别墅没有丝毫兴趣，对父亲的其他那些房产也都不理不睬，他父亲在罗堡一带还有多家工厂，更不要说在奥地利其他地方和在国外的企

---

1 希卿是维也纳的第十三区，生态环境好，有美泉宫等著名景点。接下来提及的格林卿位于第十九区，是挨着维也纳森林的风景优美的郊区，这里的"今年酒店"的当年葡萄酒闻名国内外。

业，我想。韦特海默家的日子，如常说的那样，总是过得很阔绰，但没有引起人们特别关注，他们不愿意显阔，从他们的外表，你看不出他们拥有不菲的财富，至少一眼看上去不会相信。韦特海默兄妹俩对父母的遗产根本不感兴趣，韦特海默和他妹妹直到遗嘱启封时，还根本不知道他们要继承的财富有多少，对内城一位律师制作的遗产清单他们也很淡漠。他们虽然对突然实实在在归于他们名下的这些财产感到惊讶，但他们更多是觉得讨厌。除了煤市大街的房产和特赖西的狩猎屋，其他财产都让家庭律师变卖成货币，存在世界各地的银行。韦特海默说，只这一次违背他的习惯谈到此事，此外，再也没有听到他谈论他的财产情况。父母遗产的四分之三归韦特海默，四分之一属于他妹妹。她的财产也让律师存放在奥地利、德国和瑞士的各家银行，我想。韦特海默兄妹的生活是有保障的，我想，其实我也衣食无忧，尽管我的财产与韦特海默和他妹妹的财产无法同日而语。韦特海默的曾祖父母还是穷人，我想，他们在莱姆贝格郊区卖鹅肉。像我一样，他也出生于商人家庭，我想。某一回他过生日，他父亲把原本属于哈拉赫家产的、位于马希费尔德的一座宫殿送给他，但儿子对这么贵重的礼物不屑一顾，父亲对儿子的冷淡当然十分愤怒，一气之下，把这份到手的地产又卖掉了，我想。韦特海默兄妹生活简朴，没有更多的需求，不张扬显摆，某种程度上可以说总是退缩在后面，不像他周围的那些人总喜欢炫耀。在莫扎特音乐学院读书时，别人谁也不知道他多么富有。这一点很像格伦，格伦很有钱，但他从不张扬。从上述两人的情况可以清楚看到，真正富有的人大都一见如故，我想，他们对他们的背景有敏锐的感知。在这方面，天才格伦，怎么说呢，如果用音乐会上的术语，更是备受欢迎的一支返场金曲，我想。友谊，归根到底，如经验所证实，只有建立在背景相互接近的基础上，才能维持永远，我想，一切其他的说辞都是欺人之谈。我忽然钦佩自己的冷漠和冷血，我在阿特南-普赫海姆下车去旺克哈姆，然后去特赖西韦特海默的狩猎屋，根本没有想要到德瑟布伦自己家中看看，那里已经空置五年了，我估计每隔四五天，就会有人进去开窗通风，我雇了人去办这些事，你说我该有多么冷血，要在旺克哈姆这里过夜，住的是我所知道的条件极其糟糕的旅店，而自己的房舍离这儿不到十二公里，可就是无论如何也不会去自己的家，我想，因为我在五年前发过誓，至少十年不去德瑟布伦，至今我很容易地遵守了誓言，把握好了自己。我在那里持续地自暴自弃，直到某一天把德瑟布伦彻底毁掉了，完全不能再居住了，我想。作为自暴自弃的开端，是对施坦威钢琴的厌恶，这是所谓导火索，使我不可能继续待在那里，我无法忍受德瑟布伦。我简直不能呼吸那里的空气，那里的墙壁使我生病，房间几乎让我窒息，想想看，那么大的房间，九米乘六米或者八米乘八米，我想。我憎恨这些房间，憎恨房里的东西，每逢走出房间，我则憎恨房前那些人，我忽然不公正地对待他们，他们一心为了我好，正是这一点，随着时间的推移，让我烦躁不安，他们那不停地随时准备帮助我的姿态，我也突然感到十分讨厌。我把自己关在工作室，注视着窗外，除了我自己的不幸，没有看到别的任何什么。我跑到房外见了人就骂。我跑到森林里，精疲力竭地蹲到一棵树下。为了不把自己弄得发疯，我要离开我的房舍，至少十年，至少十年，至少十年，我不断对自己说，我离开家到了维也纳，然后去葡萄牙，我有亲戚在辛特拉，在葡萄牙最美的地带，那里的桉树有三十米高，那里可以呼吸到最清洁的空气。在辛特拉，我将把在德瑟布伦彻底地从心里驱除的音乐重新找回来，我当时想，我想，我要挖空心思，以数学那样精确设计我的呼吸，吸进大西洋的空气，使我得以恢复和再生。当时我还想，用我叔叔的施坦威继续我在德瑟布伦放弃了的钢琴弹奏，但这个想法很荒谬，我想，在辛特拉，我每天跑六公里到大西洋岸边，八个月之久，根本就没有想再坐到钢琴前。我叔叔以及家里其他所有的人不停地说要我弹点什么曲子给他们听，我在辛特拉从未触摸过一个琴键。不过我在辛特拉，我得说这是世界上最美的地方之一，享受着新鲜空气，无所事事，优哉游哉，在这个过程中我心里产生了写点关于格伦·古尔德的东西的想法，具体写什么，我还无法知道，写点关于他和他的艺术的东西。带着这个想法，我在辛特拉及其周围走来走去，就这样，在那里一整年也没有开始动手去写关于格伦的文章。要写一篇东西，开始最难。我总是为这样一篇文章几个月甚至几年跑来跑去地考虑，还是无法开始，写关于格伦的文章也如此，我当时想，必须要写他，当然要有一个有资质的人来写，这个人应该是他生存情况的见证人，亲历他的钢琴弹奏的全过程，深知他绝对是一位出类拔萃的天才人物。有一天，我感到十分惊讶，我终于开始写了，那是在英格兰酒店，本来在那里只想待两天，后来待了六周，手里的笔竟然没有停下来，一直写了下去。然而最终只是草拟了一些表示意图的只言片语，后来，我去了马德里，把这些草稿付之一炬，因为我发现，这些东西不是有利于我，而是妨碍我写作。我以前开始写点什么也总是草拟很多这样的只言片语，这种坏习惯已经毁了我许多文稿，是的，我们为了写作需要这样一些显示意图的草稿，但是如果我们这样的东西写得太多，就毁掉了一切，我想，当时在英格兰酒店就是这样，我坐在房间里，不停地写了一些这样的草稿，直到我都以为自己在发疯，认识到就是这些关于格伦的草稿引起了我的疯癫，好在我还有力量把它们统统销毁。我把它们都扔进了纸篓里，观看着打扫房间的女人拿起纸篓走出去，把里面的东西一股脑儿扔到垃圾桶里。看到这一幕，我感到很惬意，我想，打扫房间的女人把我的成百上千页关于格伦的草稿拿出去扔掉，我觉得如释重负，我想。整个下午我坐在窗前的扶手椅里，傍晚我可以离开英格兰酒店，在里斯本顺着自由大道朝加莱特大街走去，走进我喜欢的一家餐馆。这样的开端，已经有八次了，每次都以毁掉这些草稿而告终。我在马德里才终于明白如何开始《论格伦》的写作，并且在普拉多大街最终完成，我想。然而，我又怀疑写成的东西是否有价值，考虑在我回来时将其毁掉，一切写出来的东西，我们长时间放在那里，反复观看，一遍又一遍，自然就会觉得不可忍受，不把它销毁就无法安静下来，我想。下周我将返回马德里，第一件事就是把关于格伦的文章销毁，以便重新开始写。我想写一篇更集中、更真实可信的文章，我想。因为我们总是以为我们写的是真实可信的，实际上不是，我们以为我们集中了精力，实际上并非如此。但是这种认识自然导致我写的东西没有任何一篇得以发表，我想，二十八年来我没有发表过任何一篇，这些年里，我一直写，九年以来，我一直在写关于格伦的东西，我想。所有这些没有写完的、不完美的东西都没有发表。其实这很好，我想假如我把它们发表了，这样做对我来说也没有什么困难，那我今天就是可以设想得到的最不幸的人了，天天为了那些错误百出、含糊不清、轻率、外行的文字烦恼。这是多么可怕的惩罚，谢天谢地，我把它们销毁了，我想，我忽然发现我非常享受销毁这个词，我把这个词管自说了一遍又一遍。一到马德里就把关于格伦的文章销毁，尽可能越快越好，以便能重新开始写，我想，现在我知道怎样来写这篇东西了，之前我全然不知，总是过早地开始动手写，我想，外行啊。我们一辈子都在逃避干这种外行事，但这个外行总追着我们不放，我想，我们极为紧张地设法躲避，我们写的东西业余、肤浅，一辈子都想可别出现这样的情况，但总是不能幸免。我希望从现在起不再重复以前的错误。我要写的文章内容应涵盖如下方面，格伦和无所顾忌，格伦和孤独，格伦和巴赫，格伦和《哥德堡变奏曲》，我想，格伦在森林中的工作室，他对人之恨，他对音乐之恨，他对音乐人之恨，我想，格伦和单纯，我想，同时观察着厅堂。我们必须从一开始就知道我们想要什么，我想，这是在儿童的脑子里就该清楚的事情，人想要干什么，想要拥有什么，必须拥有什么，我想。我待在德瑟布伦的日子里，韦特海默在特赖西，那段时间是致命的，我想。相互看望，相互诋毁，我想，使我们双方都遭到极大的伤害。我去特赖西看望他，只不过是去打扰他，去毁掉他，反过来，韦特海默来看我也如出一辙；到特赖西的目的就是要换个环境，忘记自己可怕的精神痛苦，干扰韦特海默，边喝茶边相互回忆青年时代的往事，我想，当然格伦·古尔德总是谈话的中心。不是格伦，是格伦·古尔德，是他把我们两个给毁掉了，我想。韦特海默到德瑟布伦来无非是扰乱我，把我刚开始的写作扼杀在萌芽中，即所谓即将破土露头的那一刻。他总是说，假如我们没有遇到格伦，或者如果格伦早在他蜚声世界琴坛之前就去世了该多好，我想。我们遭遇到了一个像格伦这样的人，下场不外乎两个，我们要么被灭掉了，我想，要么被拯救了，我们的情况是前者，我想。格伦说，自己永远不会在贝森朵夫上弹奏，我想，他说弹奏这种钢琴不会取得任何成就。贝森朵夫演奏者反对施坦威演奏者，我想，施坦威的粉丝反对贝森朵夫的粉丝。开始，人们把一架贝森朵夫钢琴放到他的房间，他立刻叫人搬了出去，换成施坦威，我从不敢提出这样的要求，我想，当时，在萨尔茨堡刚开始参加霍洛维茨教学班，格伦就对自己的发展完全胸有成竹，他根本不可能用贝森朵夫演奏，这样会毁掉他整个前程。他不由分说地换成施坦威，我想，虽然当时的格伦还不是格伦·古尔德。那个场景现在仍历历在目，工人们把贝森朵夫抬出去，把施坦威搬进来，我想。格伦经常说，萨尔茨堡不是钢琴家成长的地方，气候太潮湿，会毁掉乐器，同时也毁掉乐器演奏者，会在短时间里毁灭演奏者的手和脑。但是我要在霍洛维茨指导下学习，格伦说，这十分重要。韦特海默房间里窗帘一直关着，百叶窗也关着，格伦练琴时窗帘和百叶窗都开着，我甚至总是敞开着窗户。所幸的是，我们没有相邻的房舍，因此也没有人对我们抗议发火，否则对我们的工作和学习将是灭顶之灾。我们住的这所房子的主人是一位为纳粹塑像的艺术家，一年前去世了。我们为了在霍洛维茨教学班学习，租住了这位雕塑师的房子，他在周围一带享誉大师称谓，五六米高的几个房间里到处还放着他的作品。我们首先看上的是这些房间的高度，这里或那里立着的雕塑并不影响我们，相反，对于声响效果还是有好处的。这些粗笨雕像的作者，如人们对我们所说，是世界著名的大理石雕刻艺术家，他为希特勒工作了数十年。房东把这些巨大粗笨的大理石作品都推到四面墙边，对声音效果的确很理想，我想。刚开始时，我们看到这些愚钝的大理石和花岗石高大雕像感到吃惊，尤其是韦特海默都不敢靠前，但是格伦立即说，这些房间很理想，因为这些粗笨的雕像更有利于我们练琴。这些雕像各个分量不轻，我们试图移动那最小的一个都没有办到，我们的力量不够，但我们的身体并不虚弱，钢琴家皆为强壮之人，与公众的观点不同，他们拥有强大的抗击能力。直到今天，所有人都认为格伦的身体很虚弱，实际上他像田径运动员一样健壮。他在弹施坦威时总是蜷缩着，像个残疾者，整个音乐界都持这样的看法，但他们绝对都受了蒙蔽，我想。无论在哪儿，格伦都被想象为虚弱、残疾的模样，作为典型的精神人，人们把他定位在畸形，以及与此紧密相连的过度敏感，但是，他的确具有田径运动员那样的劲头，我和韦特海默加起来也抵挡不过他。我们立刻就明白这一点，你看，他亲自把妨碍他练琴的一棵白蜡树给锯掉了，那棵树在他的窗前，很粗，直径至少有半米，他一个人就把它伐倒，根本不让我们上前帮忙，然后立刻分割成小木块，靠房墙垒起来，典型的美国人的做派，我当时想，我想。格伦刚刚把他认为妨碍他的白蜡树锯掉，突然想到，为什么不把他房间的窗帘拉上，把百叶窗放下来。我本来是可以不必锯掉白蜡树的，他说，我想。我们常常砍伐这样一棵白蜡树，在精神领域有许许多多这样的砍伐，他说，而我们本可以轻而易举地以其他方式达到目的，他说，我想。

他第一次在利奥波德斯克龙坐到施坦威前时，窗前的白蜡树就干扰了他，没有与房东打招呼，他就走进工具棚，取来斧子和锯子把白蜡树给放倒了。如果问来问去，会消耗时间和精力，我要立刻将树伐掉，他说，于是就动手做了，我想。刚刚把树放倒在地上，他突然想到，其实他只要把窗帘拉上，把百叶窗放下来就解决问题了。不用我们帮忙，他把伐倒的树又截成小块儿，我想，把原来白蜡树耸立的地方重新安排就绪。他说，什么妨碍我们就要把它除掉，即使是一棵白蜡树。我们不要事先问来问去，是否可以这样做，这只会削弱我们，对我们是极其有害的，可能最终将我们毁掉，他说，我想。他的听众，他的崇拜者，没有哪个人会想到，这个格伦·古尔德，作为最孱弱的艺术家闻名全世界，能够在极短的时间里，一个人把一棵直径为半米的粗壮白蜡树伐掉，并截成短木条，堆放在墙边，当时天气还极其恶劣，我想。这些崇拜者崇拜的是一种幻象，我想，他们崇拜的是一个从未存在的格伦·古尔德。但是我的格伦·古尔德，是一位比他们所崇拜的更加伟大、更值得崇拜的人。当我们被告知，我们租住的是一位著名纳粹雕塑家的房子，格伦朗声大笑起来。韦特海默也跟着笑了起来，我想，两个人笑得没完没了，直到累得笑不动了，最后到地下室取了一瓶香槟酒。格伦让酒瓶塞准确地射到一尊六米高、用意大利卡拉拉大理石雕刻的天使脸上，然后把酒喷到四周矗立的其他庞然大物的脸上，剩下一点儿酒，我们倒进了喉咙。最后，格伦把空酒瓶大力摔到矗立在角落里的独裁者头上，我们不得不迅速躲避起来，免得受到碎片的伤害。没有任何一个格伦的崇拜者相信他一向都如此这般地笑，我想。没有谁能像我们的格伦·古尔德这样无拘无束地大笑，我想，同时他又是一个必须认真对待的人。不会笑的人，人们也不必认真对待他，我想，对不能像格伦那样笑的人，也不必像对格伦那样认真。凌晨三点，他精疲力竭地蹲在独裁者塑像的脚上，他与他的《哥德堡变奏曲》，我想。一再出现这样的场景，格伦靠在独裁者的腿肚上，注视着地面。他不允许别人与他打招呼。大清早如同重新诞生到这个世上，他说。每一天我的头脑都是新的，他说，只不过对于这个世界来说，这个头脑仍然是旧的，他说。韦特海默每两天早晨五点钟朝温特斯山跑步，所幸他发现了一条通向这座山脉的柏油马路，到了那里再跑回来。我在吃早点前，只是围着房子转一圈，不管天气如何，赤裸着去洗漱。格伦离开房舍只是为了去霍洛维茨教学班，然后再回来。实际上，我憎恨自然，他总是这样说。我本人把这句话据为己有，至今仍然在说，我想，将会永远这样说，我想。自然与我作对，格

99

伦这个观点与我的观点相同，我也总是说这样的话，我想。我们的生存在于不断与自然对抗，去反抗自然，格伦说，直到我们自动放弃这种敌对，因为自然比我们强大，由于狂妄和傲慢，我们把自己弄成了艺术产品。我们不是人，我们是艺术产品，钢琴演奏家是艺术产品，令人厌恶的产品，他总结说。我们是总想逃脱自然的人，但又总是做不到，这是当然的，他说，我想，我们就停留在这种尴尬的境地。从根本上说，我们要成为钢琴，他说，不是人，而是钢琴，我们一辈子都想要成为钢琴，而非人，逃脱我们作为人的存在，完全成为钢琴，这肯定办不到，但我们不愿意相信，他说。理想的钢琴演奏者（他从不说那个简短的、词根为意大利语的"钢琴师"［Pianist］！）是一个想成为钢琴的人，我每天早晨醒来时也都对自己说我要成为施坦威，而非弹奏施坦威的人，我要成为施坦威本身。有时我们接近了这个理想，他说，离得很近，如果我们以为，我们这是发疯，简直就要离疯癫不远了，我们也毫无畏惧。格伦一辈子就想要自己是架施坦威，他憎恨自己只不过是巴赫和施坦威之间的音乐中介，有朝一日在巴赫和施坦威之间被磨碎，有朝一日，他说，会被一边的巴赫和另一边的施坦威挤压粉碎，他说，我想。我一辈子都害怕在巴赫和施坦威中间被挤压，得付出极大努力才能摆脱这种恐惧，他说。理想的是我成为施坦威，格伦·古尔德对于我是不必要的，他说，我若成为施坦威，就能让格伦·古尔德完全变成多余的了。但是，至今还没有任何一位钢琴弹奏者通过变成施坦威成功地将自己变成多余的人，格伦说。有朝一日一觉醒来，施坦威和格伦成为一体，他说，我想，格伦·施坦威，施坦威·格伦，都只是为了巴赫。韦特海默可能恨格伦，很可能也恨我，我想，这个想法来自我对韦特海默、格伦，还有我本人的成千上万次观察。我自己始终不能摆脱对格伦的憎恨，我想，我无时无刻不憎恨他，同时也坚定不移地爱他。我们看到一个人，他如此这般了不起，以至于他的这种了不起在毁灭我们，而我们眼看着这个过程，忍受这个过程，最终不得不接受这个过程，同时我们又的确不相信这样一个过程，直至最终，我们要改变业已为时太晚，成为不可扭转的事实，我想，这是最可怕的事情。韦特海默和我对格伦的发展不可或缺，他滥用我们，就像他生活中的其他一切，我在厅堂里想。格伦毫不羞耻，为所欲为，相反，韦特海默迟疑不决得可怕，而我则对一切都持消极的保留态度，我想。格伦忽然之间成为格伦·古尔德，我得说，大家都忽视了格伦成为格伦·古尔德那个时刻，包括韦特海默和我。格伦把我们裹挟进所谓的集体瘦身过程达数月之久，我想，进入对霍洛维茨的

101

痴迷，因为说实在的，两个半月之久霍洛维茨教学班的紧张学习，如果让我单独一人是挺不过来的，更不要说韦特海默了，如果没有格伦我肯定就放弃了。如果没有格伦，即使霍洛维茨也不是执教我们的霍洛维茨了，一个决定了另一个，反之亦然。这是为格伦设计的霍洛维茨教学班，我站在旅馆里想，就是这样。格伦使霍洛维茨成为他的老师，而非霍洛维茨最终使格伦成为天才，我想。在萨尔茨堡的这几个月里，格伦通过他的才华把霍洛维茨变成了培养他成为天才的理想老师，我想。我们或者全身心投入音乐，或者根本就置身局外，格伦经常说，包括对霍洛维茨也这样说。但只有他自己知道这意味着什么，我想。一个格伦必须与一个霍洛维茨相遇，我想，而且要在唯一恰当的时刻，假如不是在恰当的时刻，那么格伦和霍洛维茨即使走到一起也擦不出火花。本来不具有天才的老师，被天才学生变成了他的天才老师，在某段时间的特定时刻，我想。但是有成功者也有失败者，这个霍洛维茨教学班真正的牺牲品不是我，而是韦特海默，如果没有格伦，他肯定会成为杰出的，或许是世界闻名的钢琴大师，我想。他的错误在于，在这一年他来到萨尔茨堡，进入霍洛维茨教学班，结果被格伦而不是被霍洛维茨毁灭了。韦特海默想成为钢琴大师，我根本就不想，我想，对我来说掌握钢琴技艺只是一种解救方法，一种缓兵之计，真正要做什么，其实我自己并不知道，直到今天也不知道；韦特海默想要成为钢琴大师，我不要，我想，格伦为自己对韦特海默的影响感到内疚，我想。格伦只不过弹了几下钢琴，韦特海默就想到要放弃钢琴生涯，那个情景我记得很清楚，韦特海默走进莫扎特音乐学院教学楼二层霍洛维茨的教室，听到了格伦弹琴，并看到了他的身影，停在门旁站着不动，以至于霍洛维茨请他坐下，他身子竟不能动弹，就那么站着，等格伦停下不弹了，他才坐下，闭上双眼，这个场面至今仍在我的眼前，我想，他一句话也没有讲。说得伤感些：结束了，韦特海默的钢琴生涯结束了。我们十年勤奋研习我们选择的一种乐器，在含辛茹苦、郁闷多于欢颜的十年之后，听到一位大师弹了几下琴键就一蹶不振了，我想。韦特海默并不承认这一点，好多年都不愿意正视这个现实。但是，格伦这几下弹奏宣布了他的终结，我想。对我来说不是，我在认识格伦之前就想到了放弃，想到了如此这般长期努力毫无意义。不管到哪里，我总是最好的，并习惯了这一境遇，但这并不妨碍我想到放弃，想到打破这毫无意义的虚幻，不去听赞扬我、证实我是最棒的之一的那些声音，我是最棒的之一，并不能满足我，我想要的是，要么我是最棒的，没有之一，要么什么都不是，所以我不再努力练琴了，把我的施坦威赠送给阿尔特明斯特的教师女儿，我想。韦特海默全力以赴追求成为钢琴大师，为此，我得说他投入了一切，而我没有这样做，这就是区别。因此，他听到格伦弹了几下《哥德堡变奏曲》，便受到致命打击，而我没有。要么是最好的，要么就什么都不是，这一直是我对自己在各个方面的要求。于是，我最终去了普拉多大街，隐姓埋名，专注于毫无意义的写作。韦特海默的人生目标是成为钢琴大师，要向全世界音乐界证明他独一无二的精湛技艺，据我对他的了解，他会年复一年废寝忘食，直至累得体力不支栽倒，直至白发高龄。这一目标让格伦彻底推翻了，我想，这位格伦坐下去弹奏了《哥德堡变奏曲》开头几个小节，就让一个人的人生理想破灭了。韦特海默必然要听格伦弹奏，我想，必然要被格伦毁灭。韦特海默经常说，假如我没有到萨尔茨堡，假如我不是一定要在霍洛维茨指导下学习钢琴，那么我就会继续弹下去，就会获得我想要的成就。但是，韦特海默如上所述，不由分说去了萨尔茨堡，参加了霍洛维茨教学班。我们被毁掉了，但并没有放弃，我想，韦特海默在这方面就是很好的例子，他被格伦毁掉之后仍然坚持了许多年，我想。他不止一次想离开他的贝森朵夫，我想，首先我不得不把自己的施坦威赠送了出去，以便他可能把他的贝森朵夫拍卖掉，他永远也不会把贝森朵夫赠送他人。他一定会送到多禄泰拍卖行，这是他的性格使然，我想。我赠送我的施坦威，他拍卖他的贝森朵夫，我想，这个事实已再清楚不过地说明。韦特海默的一切行为并非出自他本人，我现在对自己说，韦特海默一直都是看着别人，跟随和模仿，他关注我的一切，然后跟着我的样子去做，他把我的失败也看在眼里，并加以模仿，我想。只有自杀是他自己的决断，完全是出自他的内心，我想，因此到了生命的尽头，估计他会有一种胜利了的感觉。也许他通过心甘情愿的自杀，要全面地超过我，我想。性格软弱的人会成为软弱的艺术家，我对自己说，韦特海默明确无误地证实了这一点，我想。韦特海默的禀性与格伦的截然不同，我想，他有着所谓的艺术观，格伦不需要什么艺术观，韦特海默总是一再提问，格伦不提任何问题，我从未听到他提什么问题，我想。韦特海默总是担心力所不及，格伦甚至从来都没有想过他会力所不及，韦特海默总是为了什么事情请求原谅，其实这事情一点需要原谅的理由也没有，格伦的词典里就没有"请原谅"这个说法，格伦从未请求原谅过，尽管根据我们的理解，总是存在让他请求原谅的理由。韦特海默一直很看重别人怎样看他，格伦对此毫不在意，我也如此，我和格伦一样对周围外界怎样看自己完全无所谓。韦特海默没有什么要说时也要说，因为他觉得沉默是危险的，格伦能长时间保持沉默，我也能这样，能像格伦沉默数日，但还是不能像格伦那样沉默达数周之久。仅仅因为担心不被重视就能使我们的沉落者喋喋不休，我想。可能因为他无论在维也纳还是在特赖西，大部分时间完全得靠自己打发日子。他在维也纳跑来跑去，如他总说的那样，在家里与他妹妹无话可说，从来也没有真正的谈话，更不要说交流。同那些管理他财产的人只是书信往来，他私下称他们为无耻之徒。因此，韦特海默是一个绝对可以沉默的人，保持沉默的时间甚至可能比格伦和我更长，但只要与我们在一起，他就禁不住开口讲话了，我想。他住在内城最好的地段，最喜欢朝弗洛里茨多夫跑，那是工人住宅区，以火车头厂闻名，去卡格兰，去凯泽米伦，那里居住着穷人里最穷的人，去所谓的阿尔泽格伦德或者奥塔克林，怎么看他都有点儿变态，我想。从后门穿着破旧的衣服走出家门，一身无产者的打扮，为的是在他要去的地区别太显眼，我想。他数小时站在弗洛里茨多夫桥上，观察着来往的行人，看着早就被化学物质污染得呈褐色的多瑙河水，河上，俄国和南斯拉夫的货船向黑海方向航行。他可能会经常想，出生在富人家庭是不是他最大的不幸，我想，他总是说，他在弗洛里茨多夫和卡格兰总比在城内第一区感到舒适，在弗洛里茨多夫人中间，在卡格兰人中间，比在城内第一区人中间感到舒适，说到底，他是憎恨第一区的人。他习惯在布拉格大街和布林恩大街走进餐馆，就酸肠喝啤酒，数小时坐在那里，听人们讲话，观察他们，直至透不过气来，不得不走出去，回家，当然是步行，我想。然而他总是说，这是错误的，以为作为弗洛里茨多夫人会幸福些，作为卡格兰人和作为阿尔泽格伦德人会幸福些，我想，这是错误的，认为这些人与第一区人相比，至少具有更好的性格。仔细观察，他说，所谓被亏待者，所谓穷困者，所谓落后者，他们生来本质上同样毫无性格可言，令人厌恶，与我们也属于其中的其他那些人一样，令人鄙视，我们也正是基于这个理由，而对其感到厌恶。下层人与上层人一样，同样卑鄙，他说，他们的行为同样卑劣，像其他那些人一样不为人待见，他们同那些人不一样，但如出一辙地恶劣，他说，我想。所谓的知识分子憎恨所谓的知性，自以为他可以在被亏待的穷困者那里找到幸福，以前人们称这些人为被侮辱或被损害的人，他说，但他在那里没有找到幸福，找到的同样是卑劣，他说，我想。如果我二三十次到弗洛里茨多夫或者到卡格兰去，韦特海默经常说，我就会认识到这个错误，我就宁可坐在布里斯托尔酒店大厅里，瞧着像我这样一类人。我们总是试图以金蝉脱壳的方式逃脱自己，但我们总是失败，总是碰壁，因为我们不承认我们是逃脱不了自己的，除非死亡。现在韦特海默逃脱了自己，我想，以某种程度上令人反感的方式。五十岁或者最晚五十一岁就结束自己的一生，他曾经说。最终他真的这样做了，我想。我们观察着一个同学，他沿着大学走着，我想，我们与他打招呼，与他建立了终生的友谊。开始我们自然不知道这是所谓终生的友谊，因为我们当时只是感到这样做有好处，当时必须这样做，并且要继续下去。但是我们与其打招呼的，不是随便一个什么人，而是当时那个时刻唯一可能接近的人，我想，与同学打招呼这样的机会有几百个，他们都就学于莫扎特音乐学院，其中许多也上霍洛维茨教学班，但是偏偏我与韦特海默打招呼，我们在维也纳见过并谈过话，我想，他还记得。韦特海默主要是在维也纳学习，不像我是在萨尔茨堡的莫扎特音乐学院。维也纳艺术学院从莫扎特音乐学院角度看，应该是更好的音乐学府，反过来，从维也纳艺术学院角度来看，在莫扎特音乐学院学习总是更有益处，我想。无论在哪一所学校学习，学生总是把自己所在的学校的水平看得比实际上低，总是羡慕地瞅着与自己学校存在竞争关系的那所学校，尤其是学音乐的学生，总是高度评价与其有竞争关系的学校，在维也纳学音乐的大学生总是以为莫扎特音乐学院更好，反过来，莫扎特音乐学院的学生认为维也纳艺术学院更好。归根到底，维也纳艺术学院与莫扎特音乐学院，过去，现在，直到今天，其师资同样有水平，或者说同样不称职，我想，这取决于学生自己，就看他们如何肆无忌惮地为自己的目的利用这些教师。我们教师的水平如何，甚至不再重要，我想，关键是我们自身，因为水平差的老师说到底总能培养出天才，反过来，水平高的教师则把天才毁掉，我想。霍洛维茨声望高，我们因此追随他，我想。但是我们对格伦·古尔德不了解，不知道他对我们意味着什么。格伦·古尔德看起来就是学艺术的一个普通学生，与其他人没有什么两样，开始只觉得他举止不寻常，最终显示出这是一位这个世纪仅有的超级天才，我想。对我来说，上霍洛维茨教学班不像对韦特海默那样是一场灾难，对格伦来说，韦特海默太软弱了。如此看来，韦特海默报名上霍洛维茨的教学班就是进入了致命的陷阱，我想。他第一次听格伦弹琴就被陷阱所吞噬，我想。从此，韦特海默再也不能逃离。韦特海默想必应该留在维也纳，在艺术学院继续学习，我想，霍洛维茨这个名字把他毁灭了，我想，或者说是间接地毁灭了他，事实上，毁灭了他的是格伦。当我们在美国时，我对格伦说，他把韦特海默毁掉了，但是他根本不明白我说这话的意思，此后我再也没有用这句话打扰他。韦特海默很不情愿地跟我去美国，在旅途中，他一再对我讲，他其实从心里讨厌艺术家，他们，比如格伦，为艺术走得那么远，为了成为天才，他们毁灭了自己的人性，韦特海默当时就是这样讲的。像格伦这样的人最终成为艺术机器，已经与人没有任何共同之处了，只偶尔还想起原本是人，我想。但是韦特海默一直嫉妒格伦的艺术家气质，没有能力毫不嫉妒地惊羡，我的意思并非要他钦佩，我也从来不钦佩什么，过去和现在都不存在这样做的前提，但在生活中对许多东西感到惊羡，可以说，在我的应该说可以称之为艺术家的一生中，对格伦这个人深感惊羡，我惊奇有加地观察他的发展，对他的惊奇使我总是与他交往，接受他对乐曲的诠释，我想。我总是能够自由表达自己的这种情感，不受任何人与事的限制和束缚，我想。韦特海默从来做不到这一点，无论在哪方面，我想。我与韦特海默不同，从来不想成为格伦·古尔德，他特别希望能成为格伦·古尔德，我总是想成为我自己，而韦特海默总是与那些人为伍，他们一辈子不惜一切代价都想成为另外一个人，一个他们坚持认为受上天眷顾的人，我想。韦特海默愿意成为格伦·古尔德，成为霍洛维茨，也许还愿意成为古斯塔夫·马勒，或者阿尔班·贝尔格。韦特海默不能视自己为独一无二的人，每个人都能并且必须这样做，如果他不想绝望的话。不管是怎样一个人，他都是独一无二的人，我总是对自己这样说，于是我就得救了。韦特海默也有这根救命稻草，即视自己为独一无二，但他从来不会考虑到这一点，他缺少这样做的前提条件。每一个人都是独一无二的人，对自己来说，他的确就是历来最伟大的艺术作品，我总是这样想，总是有理由这样想，我想。韦特海默不可能这样想，他总是要成为格伦·古尔德，或者古斯塔夫·马勒，或者莫扎特等这样一些人，我想。这将他过早地一再置于不幸的境地。为了独一无二，我们不必一定要是天才，必须认识到这一点，我想。韦特海默是一位永远竭力仿效他人的人，他仿效一切他认为比他优秀的人，尽管据我今天来看，他并不拥有相应的条件，我想，他一定要成为艺术家，结果走进了灾难。他因此总是不安，总是不断地迫不及待地行走、奔跑，心态始终不能平静，我想。他把自己的不幸向他妹妹发泄，折磨他妹妹几十年，我想，将他妹妹管控在，我想可以说，他的脑海里，不允许她逃脱。学校演奏会上，大学生们都习惯了有音乐表演，在所谓的维也纳大厅里的一次演出，我和韦特海默两人曾经同台表演，四手联弹勃拉姆斯的曲子。韦特海默总是突出自己，影响了整个演奏。我今天想起来，他是蓄意这样做的。演出后他对我说，对不起，只有这么一句话，典型的韦特海默。他不会合作演奏，像人们常说的，总是要显摆自己，当然不会成功，我们的节目因为他砸锅了，我想。韦特海默一辈子都总是要达到目的、获得认可，但他这个愿望，无论如何都根本无法实现。因此他不得不自杀，我想。格伦不必自杀，我想，因为他从来不寻求得到认可，他总是在任何情况下都毫无疑问地达到了目的，获得了认可。韦特海默总是想要得到很多，但他并不具备应有的前提条件，我想，格伦相反，无论他做什么，都有完备的前提条件。我本人在这里不必提起，但可以说，我也对一切都拥有完备的条件，但大部分情况我完全有意识地不去利用这些条件，至于为什么，无非出自冷漠、傲慢、懒惰和厌倦，我想。韦特海默做的一切事情，从来都缺乏前提条件，干什么都是这样。可是他具备所有的条件做一个不幸的人。因此也就不奇怪，韦特海默自杀了，不是格伦，也不是我，尽管韦特海默总是预言我会自杀，还有不少人也这样认为，他们总是告诉我，他们知道我会自杀的。韦特海默的钢琴弹奏的确比莫扎特音乐学院其他人都好，说明这一点很重要，但当他听到格伦弹琴，这个事实就对他没有什么意义了。所有那些想要成为著名钢琴家的人，如果能像韦特海默琴弹得那样好，就能够成功，就一定能够达到目的，只要肯在钢琴上花费几十年时间，我想，但只要他们遇到一位像格伦·古尔德这样的人，听了这样一位格伦·古尔德的演奏，如果他们像韦特海默一样，他们就会一败涂地。韦特海默的葬礼甚至没有持续半个小时。我开始想穿一套深色服装参加他的葬礼，然后我还是决定就穿我的旅行服，按照习俗穿葬礼服装我忽然觉得可笑，我会感到很拘束，我憎恨这样的规矩，如同我对各种场合着装的规定感到憎恶一样，于是就穿着我到库尔穿着的普通装束。原先我想，我步行到库尔墓地，然后还是上了出租车，到了公墓大门下车。韦特海默妹妹的电报，她现在姓杜特韦勒，我一直小心保存，上面写着葬礼的确切时间。我想，韦特海默去世肯定是不幸的偶然事件，可能他在库尔让汽车给撞了，据我了解他没有严重的危及生命的疾病，我考虑最有可能是遭遇了交通事故，这是几乎天天都发生的不幸，我就是没有想到他会自杀。我现在看来，这个想法，我想，最接近事实。杜特韦勒夫人把电报发到我维也纳的住址，而不是寄到马德里，我觉得奇怪，她怎么知道我待在维也纳而不是马德里，我想。直至今天我也弄不明白，她从哪里知道她的信要寄到维也纳，而不是马德里，我想。很可能她在她兄长自杀前就与其有了联系，我想。我当然会从马德里乘车到库尔，我想，尽管这样会麻烦一些。或者不这样走，我想，从苏黎世到库尔比较简单。多年以来

113

我就想把在维也纳的房子卖了，曾让许多有意购买者前来看房子，但没有一个我觉得合适的买家。这一次报名来看房子的也都不合适，他们或者嫌我要的价格高，或者由于另外的理由退出了。我打算把我维也纳的房子原封不动地卖掉，所谓一揽子买卖，但是我得找到合适的买主，可是没有一个能配得上我的条件，如常言所说的，能让我相中。我已经考虑到，在现在这个困难时期出手维也纳这处房子是否明智，在一个绝对不稳定的时期放弃这个住处。现在没有人卖房子，除非他因某种原因迫使不得不卖，我想，但我现在并非迫不得已非卖不可。我有德瑟布伦，我总在想，可以不需要维也纳的房子，我愿意生活在马德里，不打算回维也纳，永远不再回来，我总在想。可是来看房子的皆面目可憎，一瞧见他们那长相我就打消了卖这处维也纳房产的主意。归根到底，我想，光有德瑟布伦那处房子长此以往还是不够的，一只脚踏着德瑟布伦，另一只脚踏着维也纳，比只有德瑟布伦还是要好得多，我想，从根本上说，我也不会再回德瑟布伦，但我也并不要卖掉它。我不会卖掉维也纳的房子，也不会卖掉德瑟布伦的房子，我将会将其闲置不用，维也纳的房子我已经这样做了，就像我闲置不用德瑟布伦的房子，并且也已经这样做了，无论维也纳的房子还是德瑟布伦的房子我都不会卖，我想，没有这个必要。说老实话，我的积蓄使我大可不必卖不动产，不必考虑卖德瑟布伦和维也纳的房子，不用变卖任何财产。如果我真要卖，那我就是傻瓜，我想。因此我现在拥有维也纳和德瑟布伦两处房产，尽管我并不利用它们，我想，但是我保留了它们就有了底气，比没有维也纳，或者没有德瑟布伦，或者比两处房产都没有，有着更大的独立自主性。葬礼在清晨五点钟开始，要安静地举行，绝不要弄出动静，我想，杜特韦勒夫妇和库尔公墓管理处都不想惊动四邻。韦特海默的妹妹多次说她兄长只是暂时葬在这里，她打算以后把兄长的坟墓迁到维也纳德布林公墓，与韦特海默家已故的人葬在一起。目前还不能这样做，她没有说为什么不能。韦特海默家的陵墓是公墓中最大的陵墓之一，我想，韦特海默的妹妹，现在姓杜特韦勒，说可能在秋天，我想。杜特韦勒先生身穿燕尾服，我想，携夫人来到墓穴旁，它位于公墓的另一端尽头，已经靠近垃圾堆储场。因为没有人在葬礼上讲话，下葬工人极其熟练、快速地就将韦特海默的棺椁埋葬完毕，总共还不到二十分钟。一位身穿黑色葬礼服的先生，显然来自殡葬公司，甚至可能就是这家公司的老板，我想，准备讲点什么，但他还没有开始说话，杜特韦勒先生就表示让他免开尊口了。我本人不会买鲜花带到葬礼上，我一生都没有干过这种事，杜特韦勒夫妇也没有准备鲜花，就更让人感到压抑，也许，我想，韦特海默的妹妹认为鲜花不适合她兄长的葬礼，我想她的这个观点是对的，但是没有鲜花使整个葬礼给所有参与者留下了可怕的印象。杜特韦勒先生在敞开的墓穴旁给每个殡葬工人两张票子，这个举动看上去让人厌恶，但与整个下葬过程是相称的。韦特海默的妹妹朝墓穴里看，她的丈夫不看，我也不看。我跟着杜特韦勒夫妇走出公墓。在大门前，他们俩朝我转过身来，邀请我一起吃午饭，我拒绝了。这样做肯定不对头，我在旅馆里想。我本来可以从他们俩那里，尤其是从韦特海默的妹妹那里得到一些重要的有用的信息，我想，我与他们告别，突然一个人孤零零地站在那里。我没有必要再留在库尔了，我去火车站，乘最近一班车回维也纳。参加完葬礼总是很长时间心里还是老想着那去世的人，特别是他是你的一位亲近的朋友，交往了几十年，同时又是一位同学，同学总是你人生之旅不寻常的陪伴者，因为他全面见证了你和他的人生境况，我想，我在经过布克斯和列支敦士登边界时，总是想着韦特海默。他的家庭的确拥有可观的财富，他一辈子都不知道怎样支配这些财富，他守着这些财富，总是感到很不幸，我想。他的父母没有能力，像人们常说的，让他睁开眼睛，他们让这孩子从小就不快活。韦特海默总是说我的童年让我沮

116

丧，我的青年时代也是在沮丧状态中度过的，他说，大学时代也同样，我的父亲让我沮丧，母亲也是如此，到了学校，教师也让我沮丧，我的周围，我生长的环境，无不使我精神沮丧。他们（他的父母和他的老师）总是伤害他的情感，总是忽视他的理智，他说，我想。他从来就没有一个真正的家，我想，仍然站在旅店厅堂里，因为他的父母没有给他这样一个家，他们没有能力让他拥有这样一个家。他不像别人总谈及家，因为他在他的亲人那里找不到家。他最憎恨的不是别的什么人，而是他的父母，他总称他们为他的摧残者、毁灭者。他父母在布里克森不幸出车祸掉进山涧亡故后，除了妹妹他就没有任何亲近的人了，因为所有其他人，包括我在内，都受到他的冲撞，最终只剩下他妹妹了，于是他肆无忌惮地将其据为己有，我想。他总是要求一切，但从不给予别人什么，我想，他总是跑到弗洛里茨多夫，在大桥上要跳桥自杀，实际上并未真的往下跳过，他学习音乐，要成为钢琴大师，到头来并没有达到目的，而是最终像他自己总说的那样，遁迹于精神科学领域，并不知道什么是精神科学，我想。他一方面过高地估计了他的能力和发展前景，另一方面也估计得过低，我想。对我他也总是索求超过给予，我想。他对我还有对其他人总是需求过高，无法实现，因此他总是感到不幸，我想。

117

韦特海默是作为一个不幸的人来到这个世上，他知道这是事实，但他像所有其他不幸的人一样不愿意承认，为什么他命该不幸，而其他人不这样，这使他感到抑郁，无法摆脱绝望的境地。格伦是一个幸福的人，我是一个不幸的人，他经常说，我回答他，还不能说格伦就是一个幸福的人，而他，韦特海默的确是一个不幸的人。每当我们说这个或那个人是不幸的人，总是没说错，我对韦特海默说，我想，每当我们说这个或那个人是幸福的，从来都与事实不符。但是，从韦特海默的角度看，格伦总是一个幸福的人，我也是，他常常对我这样说，我想，他甚至因为我是幸福的人或者至少比他幸运些而责备我，大部分时间里他认为自己是最最不幸的人。可以说，韦特海默想方设法做一个不幸的人，做一个像他总谈及的那种不幸的人，我想，他的父母毫无疑问想让儿子幸福，并一再努力这样做，但是韦特海默总是阻挡他们，就像他也总是阻挡他妹妹这样做，每逢妹妹想方设法让他幸福。没有人会一直处于不幸的境地，韦特海默也是如此，不像他认为的那样，不幸完全控制了他。我记得，他在霍洛维茨教学班学习期间就是幸福的，他和我（还有和格伦）经常散步时，他心里也是满满的幸福，据我观察，他一个人住在利奥波德斯克龙时，也把日子过得很惬意，我想，但是，的确当他听见格伦弹奏了几节《哥德堡变奏曲》时，这一切都不复存在了，据我所知，韦特海默从未敢于弹奏这首曲子。我本人很早，甚至先于格伦·古尔德就尝试演奏《哥德堡变奏曲》。我从不畏惧弹奏这首乐曲，韦特海默则相反，他总是一拖再拖不敢尝试，我想，在《哥德堡变奏曲》这样一支充满魔力的非凡作品面前丧失了勇气，并因此伤心难过；我从来没有过，可能这就是对经典缺乏敬畏，从来不会因为自己这种可以说厚颜无耻的胆大妄为而苦恼伤神，以至于立刻开始练习弹奏，在参加霍洛维茨教学班多年前就敢于演奏这首名曲，自然已经熟练得不看曲谱，并且演奏水平与我们那些著名钢琴家相比并不逊色，不过还没有达到自己的预期。韦特海默一向是那种缺乏勇气的人，可是，他却壮着胆子走上成为大师之路，而且是钢琴大师，这首先要求一个人对一切都无所畏惧，我想。想成为大师，而且要世界级的，那可就要天不怕地不怕，我想，不管是成为什么大师。韦特海默总是表现出明显的胆怯，他从来无法对此哪怕有些许的掩饰。不定哪一天，他的这个计划必然失败，我想，无论是怎样的失败，他的艺术大师之梦的破灭甚至也并非完全是他自己的缘故，而是由于我首先与我的施坦威一刀两断、放弃成为钢琴大师的理想引起的，我想。他总是接受我的一切，或者几乎一切，我想，包括那些适合我而不适合他的一切，那些一定对我有利而对他有害的许多方面，我想。这个竭力仿效我的人对我的仿效是全方位的，即使是不适合他甚至与他对立的方面，我想。对韦特海默来说我总是有害的，我想，这种自责，只要我活着，就无法从我的脑海里排除，我想。韦特海默是一个不能独立自主的人，我想。在许多方面他比我敏感，但这恰恰是他最大的缺点，归根到底他的感觉总是错误的，他的确是个沉落者，我想。他没有勇气去看格伦身上有重要意义的方面，只是瞧着我，效仿我的一切，这对他百无一利，从我身上他学不到对他有用的东西，总是学一些对他无用的东西，尽管我一直告诫他，但他不愿意承认，我想。如果他成为商人，经营他父母的产业，我想，他会成为一个幸福的人，是他感觉的那种幸福，但是他没有做此决定的勇气，我经常对他说，你这样做并不难，只消一个不起眼的转身动作，他从来不接我这个话茬。他想成为艺术家，他觉得仅仅善于生活、懂得生活艺术远远不够，其实，如果我们明智的话，正是做到这一点，才最能使我们幸福，我想。最终他如果说不是痴迷于，那也是爱恋上了失败，我想，固执地纠缠其中不能自拔，直至生命尽头。实际上可以说，他虽然身处不幸，深感痛苦，但如果他一夜之间失去了不幸，或者顿时他的不幸烟消云散了，他会更加不幸，这也证明说到底他根本就不是不幸的人，而是幸福的人，不过他的幸福，是通过不幸得到的、与不幸相伴相随的幸福，我想。许多人都是因为深陷不幸而从根本上说是幸福的，我想，我对自己说，韦特海默可能的确是幸福的，因为他不断地意识到他的不幸，并且享受着他的不幸。我忽然觉得这个想法并不荒谬，你想，他害怕会由于某种我所不知道的理由失掉不幸，因此他乘火车去库尔，去齐策斯，到那里自缢身亡。可能我们看问题的出发点应该是，根本不存在所谓不幸的人，我想，因为他们大多数人的不幸，是因为我们夺走了他们的不幸造成的。韦特海默害怕失去他的不幸，因此他自杀了，而非基于别的什么理由，我想，他使用巧妙的手段离开了这个世界，所谓兑现了没有人再相信的承诺，我想，离开了这个的确总是想让他以及他的几百万同病相怜者感到幸福的世界，但是他知道，如何对自己和他人毫无顾忌地阻止世界这样做，因为他和其他这些人长期以来不惜以生命为代价，已经对不幸比对任何别的什么更习以为常了。大学毕业后韦特海默本来能够举办多场演奏会，但都被他拒绝了，我想，因为格伦，韦特海默没有接受邀请，他不能公开演出，他说过，只要想到必须走上舞台就让我反感、恶心，我想。他收到很多邀请，我想，所有这些邀请他都拒绝了，他本来可以去意大利演出，去匈牙利和捷克斯洛伐克，去德国，仅仅由于他在莫扎特音乐学院音乐会上的演出，就使他在代理人中间有了名气。但是，自从格伦因弹奏《哥德堡变奏曲》名声大噪后，在韦特海默心中除了胆怯还是胆怯。在我听过格伦演奏之后，他常说，我还怎么登台演出，我总是对他说，他比所有其他人都弹得好，尽管没有比格伦弹得好，这后半句我虽然没有说，但从我平常说的一切话语当中能听得出来。钢琴艺术家，我对韦特海默说，每逢我与他谈论钢琴艺术就经常运用这个词，避免使用钢琴师这个讨厌的字眼，钢琴艺术家不应该让一位天才如此影响，以至于不能直立行走，你就是这样，这是事实，格伦影响着你，你听了他的演奏便直不起腰来。你是从莫扎特音乐学院走出来的杰出人才，我说，一点儿都不夸张，韦特海默的确是一位才华横溢的钢琴家，莫扎特音乐学院再也见不到如此有天赋的人了，虽然说韦特海默如上所说并非像格伦那样的天才。别让这样一位加拿大-美国旋风将你掀翻在地，我对韦特海默说，我想。那些不像韦特海默这样杰出的人，没有让格伦如此致命地迷惑，我想，另一方面，他们也认识不到格伦·古尔德到底如何天才。韦特海默认识到格伦·古尔德的非凡天禀，受到了致命的打击，我想。如果我们太长时间一味推辞和拒绝邀请，那么有朝一日我们就会突然没有勇气和力

122

量登台演出了，我想，韦特海默就是这样，在毕业后两年里拒绝一切邀请之后，变得对登台演奏非常气馁，甚至没有力量回复代理人的邀约，我想。格伦这方面是这样做的，即随时做出不再公开演出的决定，但仍然继续努力完善自己的钢琴技艺，直至达到他本人这方面能力的极限，实际上也是钢琴这一乐器的表达极限，通过深居简出，与世隔离，最终成为所有钢琴大师中的最杰出者，成为世界最著名的钢琴大师，这对韦特海默来说自然是不可能的。韦特海默畏惧公开演出，可以直截了当地说，不仅逐渐失去了与音乐会的关联，而且也丧失了他的能力，因为他与格伦不同，格伦离群索居，使他再次在他的艺术领域高度飞升，韦特海默相反，失去了与外界的联系，在某种程度上可以说一蹶不振了。而我在这方面比他要好些，我在格拉茨和林茨公开演出过几次，还有一回通过我的一位大学女同学的介绍，在莱茵河畔的科布伦茨举办演奏会，然后才完全停止了钢琴演奏活动。我对钢琴弹奏不再有兴趣了，我不打算一辈子非要面对公众演奏，我觉得这样的活动对我来说，一夜之间完全变得无所谓了。但韦特海默对这种公开演出就不是无所谓的，我不得不说，他患上了艺术表演强迫症。其实格伦也是这样，也许比韦特海默更甚，不过格伦最终成功了，而韦特海默一直还只是在梦想，我想。格伦·古尔德生来就是大师，不折不扣，我想，而韦特海默从一开始就是失败者，只不过他不承认，一辈子也不能够理解，实事求是地说，他是我们最好的钢琴演奏家之一，然而他却是个典型的失败者，他在与格伦首回合的"较量"中就败下阵来，这是必然的。格伦是天才，韦特海默只不过雄心勃勃，我想。后来韦特海默的确也想，如常说的那样，重整旗鼓，但没有成功。他最终从钢琴艺术领域分离出来，我想。进入了，如他一再说的那样，所谓精神科学领域，然而他并不知道什么是精神科学，我想。搞起了什么格言警句，恕我不怀好意地说，就是鼓捣伪哲学，我想。多年以来就这样装和这样演，在某种程度上真正要表达的不外乎音乐生涯上受到的伤害，我想。忽然试图扮演所谓的叔本华第二、康德第二和诺瓦利斯第二，用勃拉姆斯和亨德尔、肖邦和拉赫玛尼诺夫的音乐来为他那尴尬的伪哲学伴奏。他自己也觉得厌恶，无论如何我在多年后见到他时有这种印象。他的贝森朵夫现在成为他的工具，借助音乐打造他的精神科学之路，"打造"这个丑陋的词用在这里很恰当，我想。在两年时间里，他把十二年里学到的一切全部丢失了，我想，他的弹奏根本就没法儿听了，我还记得，十二年或十三年前，我去特赖西看望他，为他在琴键上的拙劣表现感到震惊，他突然心血来潮，想给我弹点什

124

么，可惜只有这种不伦不类，我不认为他是有意让我听他艺术上的全面败落，他甚至希望我现在还会鼓励他，希望他在艺术道路上继续攀登，而他自己几乎近十年来就不再相信有这种可能。我不可能还鼓励他，相反，我明确告诉他，他的钢琴生涯已经结束了，不要再把手指放在钢琴键上了，听他弹琴只能让人感到尴尬，他的弹奏让我感到十分难堪，十分悲伤。他把贝森朵夫的琴盖放下，站起来走到外边，两个小时没有回来，整个晚上一言不发，我想。钢琴对他来说已经没有指望了，所谓的精神科学也无法替代，我想。我们当年那些同学到音乐学院来，本来是要成为音乐大师，现在只能苦撑着做音乐老师，维持鄙陋的生存，美其名曰音乐教育家，依赖毫无天分的学生及其一心望子成龙的家长，住在小市民的房舍里，梦想着靠所谓的音乐教育过着衣食无忧的生活。百分之九十八的音乐学院毕业生怀着美好的理想进入学院学习，毕业后几十年以音乐教育者的身份极其可笑地混迹于社会，我想。这种状况我与韦特海默得以幸免，我想，但是那些我尤其憎恶的、我们那些所谓的颇有声望的钢琴演奏家，从一座大城市到另一座，从一处疗养地到另一处，最终甚至于从一个地方小镇到另一个，不停地辗转演出，直至手指麻木，对音乐的理解也进入耳聋眼花的迟暮和黄昏状态。哪怕在一个很

125

小的地方，也能在某棵树干钉着的广告上面发现我们当年某个同学的名字，在这小地方唯一的聚会厅堂里，多半是已经破旧的酒馆餐厅里弹奏莫扎特、贝多芬和巴托克，我想，简直让我们都感到恶心。亏得我们没有堕落到这个地步，我想。一千个学习演奏钢琴的，只有一两个没有走上这样一条可怜又可恶的道路，我想。今天没有人知道我学过钢琴，而且是高等音乐学院科班出身，受过完整系统的教育和训练，就我的钢琴水平，的确可以说，我如果不是全欧洲最好的，也是奥地利最好的钢琴家之一，韦特海默也是如此，我想，今天我写这些无聊的东西，竟敢称其为文学随笔，真是大言不惭，好吧，姑且在自我毁灭的道路上，再运用一次这个可恨的字眼，今天我写这些所谓的文学随笔，就是在随意排泄，最终，我也必须诅咒和撕毁它们，将其化为乌有。没有人知道我曾弹奏过《哥德堡变奏曲》，尽管没有格伦·古尔德弹得那样好。多年来我就在努力写格伦·古尔德，我觉得我比其他人更能写得真实可靠，我上过莫扎特音乐学院，公认的世界顶尖高等音乐学府，我自己举办过音乐会，不仅在疗养地巴特赖兴哈尔和巴特克罗青根，我想。我曾经是狂热的音乐生，狂热的钢琴演奏者，在对勃拉姆斯、巴赫和勋伯格的诠释方面甚至可与格伦·古尔德比肩。可是我对这一切秘而不宣，我想，这些隐瞒很有利于我，带来很大的益处，但对我的朋友韦特海默，这种隐瞒却总是十分有害，我这样做能让我得到鼓励，直起腰来挺起胸膛，而我的朋友却由于这样做而身心不适，甚至患病，我现在坚信不疑，这最终会将他杀死。我十五年来日夜勤奋练琴，最终钢琴技艺日臻完善，几乎达到无可挑剔的地步，这个事实不仅可以用来对付外部世界，也同时可以拿来对付自己，而韦特海默总是因为多年努力在钢琴技艺上取得的成就而感到痛苦。总之，我学钢琴取得的成就总对我有利，甚至可以说具有决定性意义，因为没有人知道，或者被遗忘了，因为我将它作为隐私藏了起来，而韦特海默的成就却给他带来不幸，使他持续不断地感到气馁，始终生活在沮丧中，我想。在音乐学院，我比大多数同学成绩都好，我想，的确在适当的时候立刻停止不再弹琴，这使我坚强起来，我想，比那些没有停止钢琴事业的，比那些钢琴技艺没有我好的人更坚强，那些人满足于他们的半瓶子醋水平，自称教授，以受表彰和获奖牌为荣，我想。所有这些在音乐学院毕业后争相举办各种音乐会的人，都是音乐傻瓜蛋，我想。我从来不参与音乐演出活动，我的头脑禁止我去干这种事情，在这方面我与韦特海默不同，如上所述，他因为格伦·古尔德而不参与音乐演出活动，或者说，由于格伦·古尔德立刻停止了

127

这样的活动，我不参与这种活动是因为我的头脑禁止我这样做，而韦特海默是因为格伦·古尔德阻止了他这样做。音乐表演是可以想象得到的最可怕的事情，不管你演奏什么乐器，是在观众面前弹钢琴还是拉小提琴，都是令人恐惧的，更不要说在观众面前强撑着引吭高歌，我想。我们可以说在著名的学院学习，在著名的学院毕业，可是我们并不在乎这样的资本，把这一切都隐瞒起来。我们不是几年、几十年用到处登台演出的行为挥霍这一财富，我想，而是将其作为业已结束的篇章，隐藏起来。我本人在隐藏方面是有天分的，我想，韦特海默不同，他不会隐藏任何事，总是放在嘴上谈论，只要他活着心里就存不住东西。与大多数其他人不同，我们很幸运，不必去挣钱养活自己，因为从生下来就衣食无忧。韦特海默总是因为家境富有而不好意思，而我从来不会因此感到羞愧，我想，因为生来就有钱而感到脸红，这是精神不正常，至少我认为这是变态，无论如何都是令人厌恶的虚伪，我想。不管我们朝哪儿看，都会有人不停地虚伪地说，他们为自己富有感到羞愧，他们生来就有钱，而其他人拼力去挣却没有，社会上的这种情况是自然而然的，一些人有钱，另一些人一无所有，有时候这些人没有钱，另一些人有，反之，另一些人有钱，这些人没有，这是无法改变的现实，有钱的那些人不要因为有钱就认为有罪过，没有钱的人也不要因为没有钱就责备自己，我想，不可理喻的是，无论这些人还是那些人，都感到不自在，仿佛做错了事情，归根到底这都是虚伪在作怪。我从来不因为有钱而自责，我想，而韦特海默却一直在责备自己，我从来不像韦特海默那样说，为生来就富有而深感痛苦，韦特海默经常这样说，甚至不怕掉进所谓捐赠的种种圈套，到头来，他的捐赠没有起到任何作用，比如，他曾向非洲萨赫勒地区捐赠几百万，这些钱他后来得知根本就没有到那个地方，这些钱早就让天主教会有关组织给吞没了，他是经过这些组织来办理捐赠的。不可靠是人的本性，韦特海默经常说，他如何感到绝望，他说得正确，但他就是做不到，不能坚决遵循他的观点行事。他总是脑袋里装着了不起的、非常了不起的理论（比如他那些格言警句！），我想，这的确是拯救人的生活和生存的哲学，但他不会将其运用到自身。理论上他能够对付所有生活中的不快，能驾驭所有令人绝望的状况，能战胜世上碾压人的恶魔，但在现实里他从来没有能力这样做。于是，他违背自己的理论，越来越沉落，直至最终自杀身亡，我想，直至齐策斯成了他可笑的人生终点，我想。理论上，他总是反对自杀，直截了当地认为我会自杀，总是说要参加我的葬礼，实际上他自己自杀了，我参加了他的

129

葬礼。理论上，他成为世界上最伟大的钢琴家之一，一位最著名的钢琴大师（尽管不是像格伦·古尔德那样的大师！），实际上他在钢琴演奏上没有任何成就，我想，最终可怜巴巴地逃避到了他所谓的精神科学领域。理论上他对生存的把握游刃有余，实际上不仅不能掌握他的生存，而且被其毁灭了，我想。理论上，他是我和格伦的朋友，实际上他从来都不是，我想，他的自杀证明，无论是他对精湛钢琴技艺的期望，还是成为我们真正的朋友，他都没有做到，我想。结果是他自杀了，而不是我，我边想边拿起地上的提包往凳子上放，这个时候女老板走进来了，她说她没有听到我来了，我想她在撒谎。实际上她肯定看到了我走进旅馆，整个时间都在观察我，有意不到厅堂来，她这个人的秉性令人厌恶，同时也吸引人，她的衬衣敞开到腹部。这种人的卑劣表现连他们自己也无意掩饰，我想，直接地暴露出来，我想，他们不隐晦他们的卑劣，认为没有必要，我对自己说。我在她这里一直住的房间，她说，没有生火，也许根本不必生火，因为外边刮着暖风，她将窗户打开，让温暖的春风进来，她边说边有意从下边往上扣衬衣纽扣，可并没有真的扣起来。韦特海默在去齐策斯之前在她这里住过。他自杀的消息，女老板说，是从货运司机那里得知的，此人是从一位伐木工那里听说的，这些伐木工照料韦

130

特海默的财产，这位伐木工姓科尔洛泽（就是弗兰茨）。不知道现在谁拥有特赖西这里的财产，她说，她认为肯定不是韦特海默的妹妹，他妹妹在瑞士定居了。她在最近十年里只见过韦特海默的妹妹两次，她这个人不易接近，与她兄长完全不同，和她兄长容易打交道，她甚至说他人很随和，这话让我感到奇怪，我从来没有把"随和"这个词与韦特海默联系在一起。韦特海默对所有的人都好着哪，女老板说，她的确是说好着哪，同时她还说，韦特海默甩手不管特赖西的房子了。最近一段时间，经常有陌生人出现在那里，几乎几天几周住在那里，韦特海默本人并没有在那里露面，那些从韦特海默手里拿到钥匙的人，她说，是艺术家、音乐家，她说这两个词时，语气透着明显的不屑。这些人，她说，只是利用韦特海默，利用他在特赖西的房子，几天几周在那里吃呀、喝呀，花的都是韦特海默的钱，每天快到中午才起床，然后到处闲逛，大声说笑，奇装异服，头发凌乱，胡子拉碴，她认为那些人给人以很坏的印象。韦特海默本人，她认为明显日益败落，她说，败落一词拉得很长，我想这个词，她是从韦特海默那里学来的。她说，夜里她听到他弹琴，常常半夜里，直到大清早，最近一次，韦特海默显然没有睡醒，身上的衣服皱皱巴巴、破烂不堪，在外面走着，来到她这里走进厅堂，目的就是要在这里睡个好觉。最后几个月，他不再返回维也纳，甚至对寄到那里的邮件也不感兴趣，没有让邮局给转到特赖西。他在特赖西单独待了四个月，没有离开过房舍，伐木工为他提供食品，她边说边拿起我的提包往我的房间走。她立即打开窗户，然后说，整个冬天，这里没住过人，到处都很脏，如我不介意，她去拿抹布过来擦擦灰尘，至少把窗台擦拭干净，她说。我说不必了，有没有灰尘我无所谓。她把床上的被子掀开说，有点儿潮，空气进来会把它吹干。每个常客都喜欢住自己住过的那个房间，她说。以前韦特海默不让任何人住他在特赖西的房子，忽然，那里门庭若市，女老板说。三十年来只有韦特海默一个人在特赖西过夜，他去世前的几个星期，好几十个城里人，她说，来到那里住，把整个房子弄得底儿朝天。艺术家，她说，是另类人群。另类这个词也不是她的话，是韦特海默常说的词，属于他偏爱的词汇，我想。像韦特海默（还有我！）我们这些人经受得住长期离群索居，我想，这会儿也得要有伙伴了，二十年韦特海默独来独往地生活着，然后他让他的房子住满了各种各样的人。他自己却自杀了，我想。如我在德瑟布伦的房子，特赖西的房子适合单独一人居住，我想，适合像我、像韦特海默这样的人，我想，有着艺术家头脑，或者所谓的精神人，但是如果我们让这样一座房子承受过量的负荷，就会有致命的危险，它就会灭掉我们。我们首先按照精神和艺术活动的要求布置它，当我们把一切安排好了，它就杀死我们，我想，我观察着女老板，不让她离开我的视野，看她如何用手指抹去柜门上的灰尘，那表情不但没有丝毫的不好意思，反而显露出很享受的样子。现在我忽然觉得韦特海默与她上床不是难以理解的事情了。我说，我可能只住一夜，我忽然感到有必要再去特赖西一次，过夜我还是得在女老板的店里。我问她是否还记得格伦·古尔德这个名字，是的，她回答，一个闻名全世界的人。我说，他也和韦特海默一样五十出头了，钢琴大师，全世界最优秀的，曾到过特赖西，那是在二十八年前，我说她可能不记得了，然而她立刻纠正我，说她清楚记得这个美国人。但是这位格伦·古尔德没有自杀，我说，他突发脑溢血，倒在了钢琴上，我说，我意识到我说这话是多么无助，但在女老板面前，我并不怎么感到难堪，而是在自己面前，我听自己再一次说倒在了钢琴上，女老板已经在敞开的窗旁，确认是造纸厂发出的臭气污染了空气，一刮热风就这样，她说。韦特海默自杀了，我说，这位格伦·古尔德没有，他是自然死亡，像这样绕来绕去地说事儿，以前我还没有过，我想。很可能因为这位格伦·古尔德死了，韦特海默才自杀了。脑溢血还是很不错的，女老板说，每个人其实都希望得脑溢血，要命的病，没等人明白怎么回事就死了。我现在立刻去特赖西，我问女老板，是否知道那里有人没有，到底是谁在照看房子。女老板说不知道，肯定是那里的伐木工人，她认为，自从韦特海默自杀，特赖西这座房子没有任何变化。韦特海默的妹妹毫无疑问继承了这处房产，可是并没有到这里来，如她所说，也没有另外的人有资格继承。女老板问我是否愿意在她的旅店里吃晚饭，我回答说，现在还不知道晚上怎样安排，当然我要在她这儿吃点酸肠，别的地方吃不到，我想，但我没有说，只是心里想。她的生意还如往常一样，造纸厂工人是这里的常客，他们都在这里吃晚饭，中午几乎没有客人，一直就是这样。如果有客人，那就是运送啤酒的人和伐木工人，他们在餐厅里吃一点儿肥香肠，她说，但就是这样她也闲不着。我想，她曾与一个造纸厂工人结婚，在一起过了三年，后来这个人掉进了可怕的纸浆机里，粉身碎骨了，之后她没有再结婚。我丈夫已经死了九年，她突然说，坐到窗前的长凳上，不打算再结婚了，她说，一个人过也不错。但是女人首先总是寄一切希望于婚姻，找一个男人，她没有说丈夫没了她很高兴，她肯定心里这样想，她说，这不一定就是不幸的遭遇，韦特海默先生帮助我度过了葬礼后的那一段难熬的日子。当她不能忍受与丈夫共同生活的那个时刻，我边想边观察着她，她丈夫掉进纸浆机里丢了性命，给她留下了虽说不够多但也定期到手的一笔养老金。我丈夫是一个好人，她说，您认识他，我其实几乎不记得她丈夫的模样了，他给我的印象是总穿着造纸厂的毡料工装，戴着造纸厂毡帽坐在厅堂桌旁，吃着他老婆给他端来的熏肉。我丈夫是一个好人，她重复多次，望着窗外梳拢着她的头发。一个人单独过也有好处，她说。我当然参加了我丈夫的葬礼，她说，她立刻想知道有关韦特海默在库尔下葬的情形，她已经知道，韦特海默在库尔下葬了，但葬礼的更多情况她不知道，于是我坐到床上，讲述给她听。我的讲述自然不是很连贯，当时我在维也纳正忙着整理我的寓所，准备闲置不用，房子很大，我说，一个人住过于空旷，况且我在马德里那座最宜居的城市里已经定居下来，保留维也纳的住所实属多余，我说。但我并不想卖掉它，就像我也不想卖掉德瑟布伦的房子，这处房子女老板也知道。许多年前，她曾与丈夫一起去过德瑟布伦，当时那里的牛奶厂被一场大火烧毁，我说，遇到像今天这样的经济危机卖不动产是愚蠢的，我说，不动产这个词我有意重复多遍，是讲述中重要的词语。国家破产了，我说，她听了摇摇头，政府腐败，我说，现在已执政十三年的社会主义者利用职权营私舞弊，把国家完全给毁了。

我讲述时，女老板点头，交替着朝我看和朝窗外看。他们大家都想要这个社会主义政府，我说，可是现在他们看到，正是这个社会主义政府把一切都挥霍了，挥霍这个词我着重比其他词说得更清楚，在这里我运用这个词并没有觉得不好意思，说到我们的社会主义政府把国家弄得破产，我多次用到挥霍一词，我还说我们的总理是一个卑劣、诡计多端、狡诈的人，他把社会主义作为工具，为了实现他那异乎寻常的权力欲望，整个政府，我说，所有这些人无不卑鄙和肆无忌惮地疯狂追求权力，他们视自己为国家，这个国家重于一切，我说，而人民，他们说，他们统治的人民对他们来说不值一提。我属于人民，并且热爱人民，但我不想与这个国家有任何关联，我说。我们这个国家有史以来从未处于今天这样的低谷，我说，从未受到如此卑劣、愚钝和意志薄弱者的统治。但是，人民是愚蠢的，我说，太软弱，以至于无法改变现状，他们很容易被现在执掌政府的这些人蒙蔽，进入这些充满权力欲望、诡计多端的人设下的圈套。也许到下一届选举这种令人遗憾的状况也不会有丝毫改变，我说，奥地利人是习惯的奴隶，他们习惯在泥沼中艰难行走已经十多年了。可怜的人民，我说。奥地利人尤其容易被社会主义这个词蒙骗，其实每个人都知道，这个词已丧失了它本来的价值。社会主义者已非社会主义者，我说，今天的社会主义者是新的剥削者，他们的所作所为无非都是骗局，我对女老板说，我忽然注意到，她其实根本不想听我这番离题的议论，她渴望听到的是我关于葬礼的讲述。于是我说，我在维也纳收到从齐策斯发来的电报时吃了一惊，杜特韦勒太太发来的，我说，韦特海默的妹妹，我从著名的棕榈馆咖啡厅回家，我想，发现了门上的电报。至今我也不明白杜特韦勒太太怎么知道我在维也纳，我说。维也纳，一座变得丑陋的城市，与以前的奥地利首都无法相比。在国外待了几年，回到这座城市，发现整个奥地利都在败落，真是不寒而栗，我说。韦特海默的妹妹发电报给我，向我通报她兄长去世的消息，我当时感到好生奇怪。杜特韦勒，一个多么可怕的姓名！这是一个特别富有的瑞士家庭，韦特海默的妹妹嫁了过去，一个化工康采恩。我对女老板说，她不会不知道，韦特海默总是压制他的妹妹，不让她独立自主，以至于他妹妹忍无可忍，在最后关头从他那里逃脱出来。要是女老板现在到维也纳去一趟，我说，一定会惊恐不安。这座城市变得多么让人郁闷啊，我说。没有一点儿现代大都市的样子，一切都是泡沫！我说。最好就是摆脱一切羁绊，退居在自己的天地，我说。多年前我就离开了维也纳，迁居到马德里，现在我一点儿都不后悔。假如我们没有机会离开它，不得

137

不待在这样一个愚钝的国度里，待在一座像维也纳这样愚钝的城市里，那我们就倒霉了，就活不了多久了，我说。我在维也纳有两天时间一直想着韦特海默，我说，在去库尔的路上，在葬礼的前夜。女老板想知道有多少人参加了韦特海默的葬礼。只有杜特韦勒夫人、她的丈夫和我，我说。当然还有殡葬工作人员，我说。整个过程不到二十分钟。女老板说，韦特海默总跟她说，如果他比她先死，他会遗赠给她一条项链，很值钱的项链，她说，是他祖母留下来的。但她认为韦特海默一准不会把这件事情写进遗嘱，我想，韦特海默肯定没有立什么遗嘱。假如他许诺给你一条项链，我对女老板说，你一定会得到它。韦特海默有时候在她这里过夜，她面庞绯红地说，如果他从维也纳过来，在特赖西感到害怕，就先到她这里过夜，冬天里，他常突然从维也纳到特赖西，那里的房子没有生火。最近他招到特赖西的那些人，奇装异服的，是些演员，她说，像从马戏团来的。他们不到女老板这里消费，他们从杂货店买各种饮料储存起来。他们只是利用韦特海默，女老板说，在他那儿一待就是几个星期，吃他的，喝他的，把一切弄得乱七八糟，整夜折腾，吵吵闹闹直到第二天早晨。这些无赖，她说。他们长达几周待在特赖西，韦特海默并不在那里，他在去库尔之前几天才过来。韦特海默常对女老板说他要去齐策斯他妹妹和妹夫那里，但总是一拖再拖不能成行。他给他妹妹写了好多信，让他妹妹到特赖西他这里来，离开她的丈夫，他看不上那个瑞士人，女老板说，那个让人脊梁骨冒凉气的人，她用韦特海默的话说，但他妹妹没有回信给他。如果一个人不愿意与我们在一起，就不能强求，我们不能硬要他跟我们在一起，我说。韦特海默想要他妹妹永远待在他身旁不离开，我说，这是韦特海默的错误。他这样做让他妹妹几乎发疯，弄得他自己精神也不正常了，我说，一个人自杀，他就是精神不正常。女老板问，韦特海默留下来的那些钱怎么处理？我说，这个我不知道，肯定归他妹妹了，我认为。真是越有钱的人，钱越是找上门来，女老板说，接着，她还是想更多地了解有关葬礼的情况，但我不知道还有什么要讲的了，我已经把我知道的全告诉她了，可以说是全部情况。是否按照犹太人下葬的方式，女老板想知道。我说，不，不是什么犹太人的方式，而是，我说，以最快的方式，一切都快速进行，快得我几乎没有看清楚整个过程。葬礼后，杜特韦勒夫妇邀请我一块儿去吃饭，我说，我拒绝了，不想跟他们在一起。可是我这样做是错误的，我说，我本该接受邀请跟他们一起走，现在突然剩我一个人了，一时不知道如何是好，我说。库尔是一座丑陋的城市，我说，没有哪座城市像库尔一样阴暗。韦特海默只是暂时埋葬在那里，我忽然说，他们说，最终还要把他安葬在维也纳德布林公墓，与他故去的家人在一起。女老板站了起来说，外边进来的暖风到了晚上会使房间暖和起来，让我放心。冬季的寒冷还赖在这里没走，她说。想到要在一个我曾经多次失眠的房间里过夜，我的确害怕会感冒。我无法到别的什么地方，要么太远，要么条件比这里更差，我想。以前我对住宿条件要求不高，还没有像今天这样敏感，我想，上床前，我一定得向女老板要两条毛毯。我对女老板说，去特赖西前能否给我沏杯热茶，她随即去厨房给我沏茶去了。这期间我打开提包，把带到库尔的深灰色葬礼服挂进衣柜里。在他们的卧室里，到处都是乏味的拉斐尔的天使，我看着墙上的拉斐尔天使想，这天使画已经褪色，看上去还可以忍受。我记得早晨五点钟左右，奔向饲料槽的猪把我吵醒，还有女老板不管不顾的、愚钝的甩手关门声。假若我们知道眼前要发生什么，我想，我们还容易忍受。我必须弯着腰才能照镜子，在镜子里发现鬓角处长有湿疹，此前我一连好几个星期涂抹一种中国的软膏后，湿疹已经消失了，现在忽然又长出来了，看到这情况我有点儿害怕，立刻想到这会不会是恶性病变，医生为安慰我隐瞒了实情，用这种中国药膏搪塞我，现在明白了，这药膏根本就没有用处。这种湿疹当然可以是一种恶性病变的开始，我想，并转过身去。我在阿特南-普赫海姆下车，经过旺克哈姆到特赖西，这个行程我觉得太荒谬了。旺克哈姆这个可怕的地方我本来不应该来，我想，现在必须得站在这个又冷又有霉味的房间里，不难想象，夜里又会遭遇种种可怕的事情。假使我留在维也纳，根本就不理睬杜特韦勒太太发来的电报，不到库尔这里来，我对自己说，那也比这次库尔之行要好得多了，在阿特南-普赫海姆下车来旺克哈姆，然后再到这个与我不相干的特赖西。既然在葬礼上与杜特韦勒一家没有任何交流，在敞开的韦特海默墓穴旁也没有任何感觉，我想，那么整个到这里来的行程完全可以省略，不必非来参加葬礼不可。我的所作所为我自己都感到厌恶。另外一方面，我又能与韦特海默的妹妹说些什么？我问自己。我与她丈夫更没有任何关联，我讨厌那个家伙，韦特海默对他的描述已经给我留下很坏的印象，见了面则更难以忍受。跟像杜特韦勒这样的人我没有什么可以谈的，在我见到他第一面就这样想了。就是这样一个杜特韦勒，让韦特海默女士离开她的兄长，义无反顾地跟他到瑞士去，我想，就是这样一个令人十分讨厌的家伙！我又往镜子里看着，确信不仅在右侧鬓角处有湿疹，而且后脑勺也有。可能杜特韦勒太太现在正返回维也纳，我想，她的兄长已死，煤市大街的住房现在

141

空着，她不必非待在瑞士了。维也纳这处房产属于她了，特赖西的也一样。煤市大街的住房里还有她的家具，我想，是她喜欢的款式，而她兄长总说他恨这些家具。现在她可以与瑞士人一起从容地生活在齐策斯，我想，她可以随时返回维也纳或者特赖西。我们那位钢琴大师躺在库尔公墓，靠近垃圾堆储场，有一会儿我在想。韦特海默的父母还是按照犹太人的规矩安葬的，我想，韦特海默本人最近几年总表示自己不信教。韦特海默家的陵墓在德布林公墓，紧挨着所谓的情侣墓室和特奥多尔·赫茨尔墓。韦特海默和我多次去过那里，一块巨大的花岗岩墓碑上面雕刻着躺在下面的韦特海默家族已故成员的名字，从墓穴里长出来一棵山毛榉树，逐渐地把墓碑挤歪了十到二十公分，他妹妹总想劝兄长把这棵树移走，使墓碑恢复原来的样子，可是韦特海默不认为有必要这样做，他不在乎这棵从坟墓里长出来的树把墓碑弄得歪斜，相反，他每次到墓前看到这棵树及被它挤歪的墓碑都不胜惊叹。现在他妹妹要移走这棵树，把墓碑扶正了，在此之前还要把韦特海默从库尔迁移到维也纳，葬在家族陵墓里，我想。韦特海默是我认识的人当中特别喜欢到公墓散步的人，比我更热衷于这项活动，我想。我用左手食指在布满灰尘的衣柜门上写了个很大的字母 W。这时候我想起了德瑟布伦，顿时伤感起来，一时间特别想去德瑟布伦，立刻又打消了这个念头。我得坚定不移，我对自己说，我不去德瑟布伦，今后五年或六年都不去那里。去一趟德瑟布伦，我的身体肯定得瘫软好几年，我对自己说，这我可承受不住。窗外的风景荒凉，容易让人身体不适，我一直觉得德瑟布伦的自然景物舒适，几年前忽然变得不能忍受了。假若不离开德瑟布伦，我对自己说，我肯定就被那里毁了，我就不存在了，就先于格伦和韦特海默离开这个世界了，像我不得不说的那样，我就蔫巴了、干瘪了、枯死了，德瑟布伦那里以及周围的环境是促进死亡的风景，如同窗前旺克哈姆的风景，潜藏着风险，慢慢把人挤压致死，从不让人挺立，从不给人以呵护。我们无法选择我们的出生地，我想。然而，当我们有被出生地扼杀的危险时我们可以离开，起身离开这个地方，倘若我们错过了应该起身离开的时刻，那我们就会被它毁灭。我有幸在正确的时刻离开了，我对自己说。最终也离开了维也纳，这座城市也可能会压迫扼杀我。无论如何，我要感谢父亲留下的银行存款，有了这些钱我得以生存，我不由得对自己说。这一带地方没有赋予生命的阳光，我对自己说，没有令人安宁的风景，没有友善的民众。到处都在伏击我，我想，到处都令我感到心中忐忑。总是受到蒙骗。在这一带地方，我从未有安全感，我想，持续不断地患病、失眠，最后几乎要自杀了。阿尔特明斯特的人来了，把施坦威拉走了，我才松了一口气，我想，突然可以在德瑟布伦放松地走来走去了。我把施坦威送给了阿尔特明斯特的教师的孩子，但是艺术，还是有别的什么叫法，我并没有放弃，我想。把施坦威给了教师的孩子，让其任凭卑劣和愚钝去摆布，我想。假如我告诉那位教师，我的施坦威多么珍贵，他会大吃一惊，我想，他对乐器的价值毫无概念。在我让人把施坦威从维也纳运到德瑟布伦时，我就知道，这架钢琴在德瑟布伦待不了多久，但是我当然不知道，我将会把它赠送给教师的孩子，我想。只要我还有施坦威，我想，我就不会独立自主地撰写我的文章，就不会像在一劳永逸地把这架钢琴从房里除掉的那一刻感到自由。我必须离开施坦威才能写作，说老实话，十四年了，我一直在写呀、写呀，为什么总是写些可以说没有用的东西呢，因为我没有与我的施坦威断离。施坦威刚一离开，我立刻就开窍了，就写得比较好了，我想。在普拉多大街住的时候我难道不是总惦记着维也纳（或者德瑟布伦）房子里的钢琴，写不出任何像样的东西吗，最终任何尝试都归于失败。刚把施坦威赠送给教师的女儿，我写的东西立刻就不一样了，我想。但这不等于说没有了施坦威，我就把音乐完全放弃了，我想，相反，只是音乐不再是支配我的绝对力量，不再能使我伤痛了。每逢我们看到外面的风景都感到害怕，我们无论如何不要再回到这样的风景之中了，一切都灰蒙蒙的，看到这里的人们总是令人沮丧。在这种情况下，我只有躲藏到我的房间里，脑子里不会有任何有用的想法，我想。会变成跟这里所有的人一样，只要看看女老板就明白了，完全被这里控制一切的大自然给毁坏了，永远也摆脱不了他们身上的卑鄙和拙劣，我想。在这样的环境里我是无法生存的。但是，我从来也不必一定要到德瑟布伦，我想，不必继承这份遗产，我本来可以放弃，对其置之不理，我想。这房子原本是我舅爷建造的，他是造纸厂的经理，这座很体面的建筑物有许多房间，他孩子很多。我本来可以不去理睬这处房产，这样我就得救了，毫无疑问。先是总跟父母只在夏天去德瑟布伦，然后多年在德瑟布伦和旺克哈姆上学，我想，然后到萨尔茨堡读高中，然后上莫扎特音乐学院，这中间还曾在维也纳艺术学院读了一年，然后又回到维也纳，最终怀着实现精神方面的抱负退居到德瑟布伦，在那里不久感到好似钻进了死胡同，一败涂地。走上通往钢琴大师的路，本来是作为逃避，然而钢琴技艺却达到极其精湛的程度，我想。在艺术的巅峰时刻放弃了一切，抛掉一切，可以说，一不做二不休，把施坦威也送了出去。如果这儿连续六周或七周下雨，阴雨连绵，人们就疯癫了，我想，要有怎样的意志力，你才不会自杀。但是这些人有一半自杀了，或迟或早，不是人们所说的那样自然死亡。他们除了天主教和社会主义政党，别无其他。这两者都是我们这个时代最令人厌恶的政治机构。在马德里，每天我至少离开家一次到外面吃饭，我想，在这里我从不离开家，一直处在日益严重的衰败过程中。但是，我没有郑重其事地想要卖房，近两年曾考虑过这件事情，自然是没有结果。我没有与任何有关人士承诺不卖这处房产，我想。没有房产中介是不可能卖房的，但见了房产中介我会感到恐惧，我想。像德瑟布伦这样一处房产，我们可以毫不犹豫地将其多年闲置，任其败落，我想，为什么不呢。我无论如何不去德瑟布伦，我想。女老板给我沏了茶，我去下面的厅堂。我坐到窗前的桌旁，早些年我也经常坐在这里，但我不觉得好像时间停止了。我听到女老板在厨房里干活儿，我想，她可能是在为一两点钟放学回家的孩子准备饭，热匈牙利炖肉"古拉什"，或者还有菜汤。理论上，我们是懂得他人的，但实际上我们无法忍受他们，我想，常常只是勉强地与他们打交道，总是从我们的好恶出发对待他们。我们不应该只站在我们的角度看人，应全面看待和对待他们，我想，同他们打交道要以这样的方式，即完全脱离任何偏见，但这我们做不到，因为我们实际上

146

总是对任何人都抱有偏见。女老板曾像我一样患过肺病，我想，她凭借自己求生的意志力，把这病化解了、铲除了。她读国民小学很吃力，好不容易才毕业了，我想，然后从她舅舅那里接手一家旅店，她这位舅舅牵扯进一桩至今也没有完全查明的谋杀案，被判了二十年监禁。据说，他伙同一个邻居，勒死了下榻在他旅店里的一位维也纳商务代理，代理的是紧俏商品，住在我现在住的房间旁边，看样子很有钱，对其下手就是为了夺取这位代理带在身边的巨额钱财。从此，这家名叫狄希特米勒的旅店就臭名昭著了。这个谋杀案公开以后，狄希特米勒的生意一落千丈，有两年多只能关门。法庭把凶手即她舅舅的旅店判给了她这个外甥女，我想，狄希特米勒于是又开张了，由于外甥女当老板，自然开张后的旅店已然不是谋杀案之前那个狄希特米勒了。人们不知道女老板的舅舅后来怎样了，我想，可能像所有凶手一样被判了二十年徒刑，但十二三年后就被释放了，也许他已经不在这个世上了，我想，但我不想向女老板打听她舅舅，她已经应我的要求给我讲了许多关于这一谋杀案的情况，我没有兴趣再听一遍了。谋杀维也纳商务代理这个案子当年很轰动，审判过程中，报纸每天连篇累牍地报道，已经早就关门的旅店几周之久总有好奇者围观，虽然这座房子并没有什么值得驻足观看的必要。自谋杀案发生后，狄希特米勒就被人称为凶宅，人们要去狄希特米勒，就直接说去凶宅，这个说法已经在当地流行起来。这个案子的审理就是推断证据，我想，当时法庭确实没掌握女老板舅舅的谋杀证据，也没有证据证明他的同伙有罪，据说此人的家庭由于这一所谓的谋杀案陷入极其不幸的境地。即使法庭当时其实也不相信，所谓的同伙与女老板的舅舅一起实施如此卑鄙的谋杀，后者的人缘有口皆碑，人人都认为他为人随和、谦虚，意志坚强，那些认识他的人至今仍这样称赞他，但是陪审团却主张重罚作案者，不仅对女老板的舅舅，而且对其同伙也不留情，据我所知，此人在这期间已去世了，像他妻子一再说的那样，他感到绝望，对当事人总是持敌对态度的陪审团将的确无辜的他最终变成他们违反公正判决的牺牲品。法庭摧毁了无辜者及其家人的一生，但法庭并不在意，我想，陪审团判案总是由着一时的兴致，并且基于对其同胞的敌意，虽然他们也认识到他们的判决是对无辜者的犯罪，而且是无法挽回的犯罪，他们却很快把这一切忘到脑后，仿佛什么都没发生似的。我听说，这些陪审团成员的判决超过一半都是误判，我想，我敢肯定狄希特米勒案百分之百是这样的审判，最后以陪审团的误判结束。众所周知，奥地利的县级法庭每年陪审团误判不下几十起，就是说，他们应为几十个无

148

辜的人感到内疚，这些人大多数要一辈子蹲监狱，没有可能改判和恢复名誉。总之，在我们的监狱和劳改所里，无辜的人超过有罪的人，我想，因为太多法官没有良知，太多陪审员与人为敌，他们因为自己的不幸和自己的糟糕境遇，就去报复那些因为所谓恐怖的案情而被告上法庭、因此落到了他们手上的人。奥地利的司法审判糟糕透顶，如果我们仔细地读报，就不得不一再确认，情况比我们所了解的还要糟糕。要知道，他们的罪行只有很少部分被曝光。我本人深信女老板的舅舅不是凶手，或者确切地说也不是帮凶，十三四年前他却被法庭判处犯了这样的罪行，我想，他的那个所谓同伙，我认为的确是无辜者。我还清楚地记得关于审判的报道，说到底，女老板的舅舅，狄希特米勒旅店的老板，以及他的邻居，即那个所谓同伙，必须无罪释放，最终甚至检察官都持这一观点，但那些陪审员却坚持认为这是一起卑鄙的二人联手谋财害命案，致使狄希特米勒旅店老板及其所谓同伙关进了加尔斯滕监狱，我想。假如没有人有勇气、能力和金钱，把这一可怕的案件翻出来重审，那么对狄希特米勒旅店老板及其邻居的误判就会一直岿然不动，这一可怕的不公正就得不到纠正，最终人们，或者说社会，就不再理睬这两个被冤枉的无辜的人了，他们是否真的有罪也就不重要了。我突然想起了一直被称为狄希特米勒案的这桩案件，我坐在窗前的这期间，它一直萦绕在我的脑海里，因为我看到了对面墙上挂着的狄希特米勒旅店老板的照片，穿着旅店老板制服，叼着烟斗，我想，女老板悬挂这张照片可能不仅仅是出于感恩，感谢舅舅把这家旅店赠送给她，使她生计有了保障，而且也让人们不要忘记这位狄希特米勒旅店老板。但是大多数当初真正关注这起狄希特米勒案审判的人早就都过世了，我想，对今天的人来说这张照片与随便其他某一张照片没有什么两样。不过在狄希特米勒旅店，毫无疑问残留着恶性罪行的一种气味，我想，这当然会有吸引力。我们其实愿意看到有人有犯罪嫌疑，并被控告和监禁，我想，这是事实。如果犯罪案件真相大白，我想，同时看着对面墙上的照片。过一会儿女老板从厨房出来，我将问问她，她舅舅后来到底怎么样了，我想，我对自己说。我要问她，我对自己说，我还是不要问她，我要问她，我不要问她，就这样，我一面看着狄希特米勒旅店老板的照片一面想，我要向她打听他的情况，我不要向她打听，如此这般。忽然一个所谓的从来不是普通人的普通人，从他所处的环境中被撕扯出来，的确一夜之间被关进了监狱，我想，如果还有可能从里面出来，他也只能是完全毁灭了的人了，一具被司法机关弄得面目皆非的残骸，我得说，归根到底整个社会都应该负责任。审判结束，报纸马上提出问题，狄希特米勒旅店老板及同伙是否的确是无辜的，还有相关的种种评论，但两三天后，这方面的报道就销声匿迹了。读这些评论可以得知，被判为凶手的这两个人根本就没有可能犯下这桩谋杀罪，想必有某个第三者或某些第三者是该案的凶手，但陪审员们已经行使了他们的判决权力，案子没有再重新审理，我想，在我的一生中，刺激我情绪的，没有什么比我们这个世界的司法实践更厉害了。如果我们关注我们这个世界的司法领域，也就是说，我们这个社会的查案、审案，我们将如人们所说，每天我们这方面的经历都会让我们拍案称奇。女老板可以说累得无精打采地从厨房出来，坐到桌旁，她刚洗衣服了，身上还带着厨房里的气味，我还是问了她，她舅舅后来怎样了，不是直截了当，而是极其小心翼翼地提问。她说，出狱后，她舅舅到希尔施巴赫他兄弟那里去了，捷克边境的一个小镇，她本人只去过一次，多年以前，当时她的孩子还只有三岁。她决定让她舅舅看看她的孩子，一个男孩，希望她估计还很有钱的舅舅能给她些钱，帮她克服所处的困境，她带着孩子，在她丈夫即儿子的父亲去世半年后，不怕长途旅行的劳顿到捷克边境的希尔施巴赫，目的就是这个。这孩子虽然家境不好，却发育得很不错。但她舅舅根本就没有出面见她，只是让他的兄弟告诉她，他不在家，她带着儿子徒劳地等待见他，一无所获地返回了旺克哈姆。一个人心肠怎么会这么硬，她说，但是另一方面，她理解她舅舅。她说，他不愿意再与狄希特米勒、与旺克哈姆有什么瓜葛。蹲过监狱的人，无论时间长短，被释出狱后再也不愿返回原来生活的地方，我说。女老板希望从她舅舅那里，或者至少从她第二个、所谓希尔施巴赫的舅舅那里得到帮助，结果也没有实现，这两个人是她到今天仅有的两个亲戚了，没有向她伸出援手，她知道他们在那个小地方生活自然不阔绰，但毕竟还有一笔财产，女老板也暗示她对两位舅舅财产规模的估量，没有说出具体数字，哪怕是少得可怜，但拿出点接济他们的外甥女，帮助她渡过难关还是不成问题的，我想。老年人即使根本没有什么需求了，也很吝啬，而且年纪越大越吝啬，舍不得拿出一丁点儿钱给别人，甚至他们的后代在他们眼前饿死，他们也无动于衷。女老板接下来描述了她到希尔施巴赫的行程，从旺克哈姆到希尔施巴赫不是件很容易的事，要换三次车，还带着个生病的孩子，结果令人十分失望，这次希尔施巴赫之行她不仅没有得到钱，而且，她说，还患了喉炎，嗓子发炎几个月都没有好。从希尔施巴赫回来之后，她本想把她舅舅的照片从墙上取下来，但考虑再三，还是没有动手去做。如果她把相片取下来，客人必然会问为什么要把相片取下来，她说。她没有兴趣给所有这些客人讲这样做的前前后后。如果那样，他们就会想要了解关于案件的全部情况，她说，她可不想让客人牵着鼻子走。事实是，她在去希尔施巴赫之前，很爱照片上这位舅舅，回来之后，她对他的态度只有恨了。她很理解她舅舅的处境，而她舅舅却丝毫不理解他的这个外甥女。最终，她还是把狄希特米勒作为旅店继续经营，她说，虽然情况很困难，她没有让这处房产败落，也没有将其卖掉，这样的机会她遇到了很多。她的丈夫对经营旅店没有什么兴趣，她说，她是在雷高一次狂欢节活动中认识这个男人的。她到那里是为旅店买些沙发椅，不要新的，那里有一家旅店，正在淘汰一些用过的椅子，价格也便宜。她在那里立刻看到一个温和的男子，单独一人坐在那里，没有人跟他搭讪，她坐到他旁边，然后把他带回旺克哈姆，他在这里留下来了。但是他从来就不是当旅店老板的材料，她说。这里在家相夫教子的妻子，她的确是这样说的，都不得不总是担心她们的丈夫会掉到造纸厂的纸浆机里，或者至少被机器断掉一只手或几个手指，她说，实际上每天他们都受到机器的伤害，在这一带，你看到的尽是被机器弄得残疾的人走来走去。十有九成的男人在造纸厂工作，她说。他们的孩子也别无选择，都被父母送到造纸厂里工作，

153

她说，几代人都是这样的情况，我想。可是如果造纸厂关门了，她说，他们就束手无策了，他们的生计也就没有着落了。她认为这个厂子迟早会关门的，只是时间问题，要不了多久了，一切迹象表明，造纸厂肯定快开不下去了，这是家国营企业，像所有的国营企业一样长期亏损，欠下了还不清的债务。这个地方一切都依靠这个厂子，没有了这个厂，一切都无法运转了。她自己也过不下去了，她的客人百分之九十是造纸厂工人，她说，他们至少还消费，伐木工人舍不得花钱，剩下的少数农民，她一年也只见到一两次，自从这里发生了杀人案，他们就忌讳到这里来，他们来了便提一些令人不快的问题，她说。至于前景如何，她早已不去考虑了，反正希望渺茫，将来怎样她也无所谓了。她的儿子现在也十二岁了，到十四岁，就是说还有两年，在这个地方，这么大的孩子就能自立了，将来如何我不感兴趣，她说。韦特海默先生，她说，是她一直欢迎的客人，但是这样高贵的先生根本不知道她过的是怎样的生活，经营像狄希特米勒这样一家旅店是怎么回事。他们（这些高贵的先生！）总是谈论她不理解的一些事情，过得无忧无虑，把他们的全部时间都用来琢磨如何把钱花出去、如何打发时间。她本人从来就没有足够的时间和金钱，甚至也没有不幸，与那些她称之为高贵的先生相反，那些人总是既不缺钱，也不缺时间，却总是抱怨他们如何不幸。她弄不明白，韦特海默在她面前总是说他自己是一个不幸的人，常常半夜一点钟还坐在厅堂里对她诉苦，她可怜他，她说，就带他到她自己的房间去，韦特海默不想在夜里还回特赖西。像韦特海默先生这样的人，有各种机会可以使自己幸福，但他们从来不利用这些机会，她说。一个人守着那样一套体面的房子，却那样地感到不幸，她说。总之，她对韦特海默的自杀并不感到惊讶，但他怎么可以这样去死呢，偏偏到齐策斯他妹妹家房前一棵树上吊死，她不能原谅他的这种做法。她说韦特海默先生时的表情既动人，又让人反感。有一次，我恳请他借给我点儿钱，他没有答应，她说，我当时需要一笔钱买冰柜，她说，这些有钱人啊，一谈到钱他们就立刻把钱袋子捂得严严的。然而韦特海默把几百万扔到窗外去。她认为我和韦特海默一样，富有，但不讲人情。她直截了当地说，所有富人阔人都不讲人情。可是她讲人情吗，我问她，她没有回答。她站起来，朝运送啤酒的司机走去，他们站在旅店前面他们的货车旁边。我还考虑着女老板刚才说的话，没有马上起身去特赖西，仍然坐着，观察着运啤酒的货车司机，尤其是女店主，毫无疑问，她同他们比进出她旅店的其他人要亲近。我小时候对这些货车司机特别着迷，这天我也如此，看着他们

155

把啤酒桶从车上卸下来，然后让桶滚着经过前厅，还为女店主把第一个啤酒桶打开，然后与她一起坐到我旁边的桌上，这一切我看着挺着迷。我小时候就很佩服啤酒运送司机，并希望自己长大了当司机运送啤酒，我想，遇到他们就百看不厌。我坐在旁边桌上观看着他们，立刻回到儿童时代的感觉里，但我没有让自己长时间处于这种情感里，我站起来离开狄希特米勒朝特赖西走去，同时告诉女老板，我晚上返回这里，可能会早一点儿，看情况吧，我很看重这里的晚饭。往外走时，我听到啤酒运送司机问女老板，我是谁，由于我听力比一般人都好，听见女老板小声地说出我的名字，并补充道，我是韦特海默的一个朋友，那个在瑞士上吊自杀的傻瓜。从根本上说，我这会儿更愿意留下来，在厅堂里听啤酒运送司机和女老板谈话，而不是现在去特赖西，我在走开时想，很愿意坐在啤酒运送司机的桌上跟他们喝一杯啤酒。我们总是想象我们与他们坐在一起，一辈子都感到被他们吸引，正是这些所谓普通的人，我们对他们的想象自然与他们的实际不符。我们一旦真的与他们坐在一起，就会看到他们并不像我们想象的那样，一切不过只是我们的一厢情愿，我们根本就不是他们的同类，我们与他们坐在一张桌子旁，坐在他们中间，受到的只是可怕的伤害和冲撞，这种感觉是合乎逻辑的，假如我们坐到他们桌旁，以为我们与他们是一样的人，或者我们可以不受惩罚地、短暂地坐在他们中间，都是极大的错误，我想。一辈子我们都渴望接近这些人，想到他们中间去，如果我们把我们对他们的感觉付诸实施，就会被拒绝，而且是以极其放肆的方式。韦特海默经常描述他如何渴望与所谓普通人在一起，即与所谓人民在一起，作为他们中间的一员，最后都以失败告终，他经常说他到狄希特米勒来，目的是与人民坐在一张桌子上，进行第一次这方面的尝试后，就必须承认这种想法是错误的，像他韦特海默这样的人，或者像我这样的人，可以毫无顾忌地坐到人民的桌上吗，这是不可能的。像我们这样的人，早已经不可能与人民坐到一张桌子上，他说，我还清楚记得他说道，我们的位置生来就注定是在另一张桌子上，他说，不是人民的那张桌子上，但是，他说，自然像我们这样的人总是向往人民的桌子，但是我们坐在那里不合适，他说。干一辈子运送啤酒这样的活儿，我想，天天装卸啤酒桶，滚动它们经过奥地利的旅店前厅，总是与这些落魄的女店主坐到桌旁，每一天到晚上都累得要死，就这样三十年、四十年过下去。我深吸一口气，尽可能快地离开这里，朝特赖西走去。我们在乡下，面对比在城市里更加赤裸裸、始终都不能解决的世界问题。在城市里，如果我们愿意的话，可以完全隐姓埋名地生活，我想，在农村无遮无拦，我们直接面对那些卑劣、可怕的东西无法逃脱，如果我们在农村生活，短时间里，这些卑劣可怕的东西就一定会毁掉我们，这无法改变，我在离开旅店后想。我若回到德瑟布伦，就无法挽回地走向灭亡，返回德瑟布伦已不可能，五六年后也不可能，我对自己说，我在外面待的时间越长，越是没有必要返回德瑟布伦，在马德里，或者在任何一座其他大城市里待着，我对自己说，就是不要在乡下，永远不要在上奥地利的乡村，我想。天冷，风大。去特赖西在阿特南-普赫海姆下车，到旺克哈姆，这绝对是我头脑发昏。在这个地区韦特海默必然会精神不正常，我想，我对自己说，他一向就是那个沉落者，格伦·古尔德一再这样说他。韦特海默是一个典型的钻死胡同的人，我心里说，从一个死胡同出来，他肯定又钻进另一个死胡同，特赖西对他来说一向就是死胡同，后来维也纳也是，当然萨尔茨堡也是，萨尔茨堡之于他是地地道道的死胡同，莫扎特音乐学院、维也纳艺术学院，整个钢琴学习都无一例外是死胡同，总之，这样一些人，总是面临在这一个和那一个死胡同中间选择，我对自己说，永远逃脱不掉这样的命运。沉落者生来就是沉落者，我想，他永远是沉落者，如果我们仔细观察我们周围，可以确定这个周围几乎就是由沉落者组成的，我对自己说，像韦特海默这样一些沉落者，想当初，格伦·古尔德与韦特海默初次见面就看透了他，认为他是钻死胡同的人，是沉落者，格伦·古尔德是第一个把他称为沉落者的人，他的这个做法看起来肆无忌惮，但是绝对是坦率的，加拿大-美国式的，格伦·古尔德直言不讳地这样称呼韦特海默，其他人可能也有这样的想法，但从不说出来，他们秉性里没有这种坦率、肆无忌惮，却是有益的美国-加拿大的特性，我对自己说，他们大家虽然一直也看清韦特海默是沉落者，但不敢公开这样称呼他；也许他们缺乏想象力，无法给出这样一个恰当的称谓，可是格伦·古尔德不一样，他在看见韦特海默的第一时间就这样称呼他，我想，目光锐利，不用较长时间的观察，立刻就找到了最恰当的词语沉落者，不像我观察了很长时间，还与韦特海默在一起多年，才找到了形容他的这个词"钻死胡同的人"。我们总是一再与这些沉落者、这些钻死胡同的人打交道，我对自己说，并快速迎风走去。我们要花大力气从这些沉落者和钻死胡同的人那里拯救我们自己，因为这些人千方百计、不遗余力地奴役他们周围的世界，除掉他们周围的人，我对自己说。他们如此软弱，正因为他们自己如此软弱，他们才有力量对周围世界以毁灭性打击，我想。他们有恃无恐地对待他们的周围世界、对待他们周围的人们，我对自己说，超过了我们的想象，假如我们被他们推动着走，进入了他们的运行机制，那就太晚了，那多半就难逃脱他们的魔掌，他们就会不惜动用一切暴力手段把你毁掉，无论你在哪里，我对自己说，对他们来说，每个牺牲品都罪有应得，都不能让他们怜悯，包括自己的姐妹，我想。他们从他们的不幸中，从他们沉落者的运行机制中获取了巨额资本，我朝特赖西走着，对自己说，尽管这些所谓资本归根到底自然是毫无用处的。韦特海默在生活中，总是在错误的前提下做事，我对自己说，与格伦不同，后者总是在正确的前提下。韦特海默甚至嫉妒格伦·古尔德的死亡，我对自己说，无法忍受格伦·古尔德的死亡，之后不久便引颈自杀，所以实际上招致他自杀身亡的不是他妹妹离开他去了瑞士，而是格伦·古尔德在其艺术的顶峰，我不能不说，罹患脑溢血死亡。韦特海默首先不能忍受格伦·古尔德钢琴弹得比他好，格伦·古尔德忽然成为天才格伦·古尔德，我想，而且全世界闻名，而后，他正处在将其天才发挥得淋漓尽致、名声响彻全世界之际，突发脑溢血逝世，我想。而他韦特海默只不过是一种非正常死亡，是自己动手结果了自己，我想。他突然疯癫发作，乘去库尔的火车，我现在对自己说，到齐策斯，在杜特韦勒家的房子前上吊自杀，毫无羞耻。我问自己，我将对杜特韦勒先生说什么呢？我立即响亮地回答：无话可说。要我对韦特海默的妹妹说，我过去和现在对她这位韦特海默，她的兄长，真正的想法是什么吗？我想。这无疑是最荒谬的，我对自己说。我的谈话只能烦扰杜特韦勒夫妇，对我自己也无任何好处。尽管如此，杜特韦勒夫妇邀请我一起吃饭，我本来应该有礼貌地拒绝，我现在想，可是我对他们的要求不仅毫不客气地拒绝，而且说话的语调也是正常交际所不能允许的，生硬的，是明显地怠慢他们，现在想起来都觉得很不合适。我们的行为不公正，羞辱他人，只为了躲避眼前比较难以应付的局面，躲避让人不愉快的处境，我想，在韦特海默葬礼后，面对杜特韦勒夫妇，无论如何肯定令人感到不舒服，隐藏于内心的一切又会显露出来，涉及对待韦特海默的一切不公正、不确切的认知，一言以蔽之，主观随意性，它已严重左右着我，我虽然也总是憎恨它，但从来不敢肯定能够彻底摆脱它。杜特韦勒夫妇以他们的方式让人看到的有关韦特海默的一切，同样可能是错误的、不公正的韦特海默形象，我对自己说。我们总是错误地描述和判断他人，我们的判断不公正，我们的描述卑劣，我对自己说，无论我们怎样描述，无论我们怎样评判，都无法避免。在库尔与杜特韦勒夫妇吃午饭只能带来误解，最终只能使双方都感到绝望，我想。所以拒绝他们的邀请是对的，立刻

161

返回奥地利，我想，假如不在阿特南-普赫海姆下车，那就立即到维也纳，回到寓所过夜，然后去马德里，我想。我无法原谅自己，忽然多愁善感地在阿特南-普赫海姆中断行程，在旺克哈姆过夜，着实令人厌恶，但为了去特赖西访问韦特海默故居，也只能这样做。我至少应该问一下杜特韦勒夫人，现在谁在特赖西，直到我去往那里的路上，仍然对现在谁可能在那里一无所知，女老板的话不可以轻信，她总是像所有旅店老板那样讲许多废话，甚至谎话。也可能杜特韦勒夫人已经在特赖西了，我想，这丝毫不奇怪，她不像我是在晚上，可能在下午，或者甚至在中午就动身从库尔去特赖西了。谁现在应该接管特赖西韦特海默这处房产？我想，如果不是他这位妹妹，现在由于韦特海默去世，埋葬在库尔，她再也不用害怕了。折磨她的那个人死了，我想，毁灭她的那个人活到了头，已不在这个世界上了，她无论做什么，那个人永远不会再发声了。我现在仍然与往常一样夸张，我把韦特海默称为他妹妹的折磨者、毁灭者，这让我自己也很难堪，我想，我总是如此这般对待他人，不公正，甚至可以说是犯罪。对待他人这般不公正和武断，如上所述，我自己也深感痛苦，我想。初次见到杜特韦勒先生，就觉得他讨厌、可恶，而实际上他可能根本就不令人厌恶，我现在想，他肯定对特赖西不感兴趣，

162

总而言之，对韦特海默认为是利益的一切，不感兴趣，我对自己说，他看上去对韦特海默在维也纳和特赖西的遗产根本没有兴趣，我想，如果说还有什么兴趣的话，那是对韦特海默留下的金钱，对其他种种遗产的确不理不睬，但是，韦特海默的妹妹是有兴趣的，而且有很大兴趣，因为我无法想象，她如此决绝地与她兄长分道扬镳，嫁给杜特韦勒先生，以至于她对兄长的遗产持无所谓的态度，恰恰相反，我现在推测，她现在由于她兄长的死亡，所谓示威性的自杀，从她兄长那里彻底解脱了，忽然，对至今不予理睬的韦特海默的一切有着强烈的兴趣，她现在甚至对她兄长的所谓精神遗产也很关注。我仿佛看见她现在在特赖西，坐在她兄长留下的成千上万的纸条前。我接着想，韦特海默的这些纸条中，没有一张符合他关于所谓文学遗产的想象，他本人也从来不在乎这些纸条，反正我总是听他这样说，当然，我也不能肯定地说，他这样说是郑重其事的，我想。因为那些从事创作精神产品的人们常常说，他们的产品没有任何价值，其实他们非常看重他们自己的创作，只不过不公开承认罢了，因为他们羞于看到自己的作品被低估，于是就率先贬低自己的作品，以便至少在公开场合涉及对自己作品的评论时不必感到难堪。韦特海默在精神科学方面，可能就是使用这种小把戏工作的，我想，这符合他的秉性。这么说，我真可能有机会去了解他这方面的工作，我想。我忽然感到很冷，不由得把外套领子竖了起来。我们总是一再询问缘由，逐渐从一种可能到另一种可能，我想，格伦的死是韦特海默自杀的真正原因，我一直这样想，不是他妹妹离开他去齐策斯与那个杜特韦勒一起生活。这个原因植根很深，可以追溯到格伦在萨尔茨堡上霍洛维茨教学班时，格伦弹奏《哥德堡变奏曲》，他手指下那声响悦耳的钢琴，我想，不是因为韦特海默的妹妹在四十六岁时离开了她兄长。韦特海默的妹妹的确对她兄长的死亡没有责任，我想，韦特海默想把自己自杀归罪于他妹妹，我想，把真正导致他死亡的原因从格伦那里引开，实际上他自杀的真正原因是格伦及其以精湛的钢琴技艺演绎的《哥德堡变奏曲》，是那声响悦耳的钢琴，因为韦特海默从中看到了他整个生存的灾难。这场灾难是从格伦当初对韦特海默说他是沉落者那一刻开始的，其实韦特海默也知道他是个沉落者，可这话突然毫无偏见地，我得说以加拿大-美国的方式说了出来，格伦以这个简单的词语击中了韦特海默的要害，我想，不是由于韦特海默第一次听到这个概念，而是因为韦特海默在还不知道沉落者这个词语的时候早就熟悉了沉落者这个概念，但是格伦·古尔德在关键的时刻把沉落者这个词说了出来，我想。我们说出一个词，就毁掉了一个人，而这个被我们毁掉的人，在我们说出那个毁灭性的词语时，对这致命的事实毫不知晓，我想。而且这个面对这样一个致命的词语和概念的人，对这个词语和概念的致命作用一无所知，我想。格伦还在到霍洛维茨教学班之前，就对韦特海默说出了沉落者这个词语，我想，我甚至能准确说出格伦对韦特海默说出沉落者的那个时刻。我们对一个人说了一个致命的词语，当然在那一刻我们并没有意识到我们的确对他说出了一个致命的词语，我想。格伦在莫扎特学院对韦特海默说，韦特海默是一个沉落者，距今已过了二十八年，格伦在美国对他说这句话之后，过了十二年，韦特海默自杀了。自杀的人是可笑的，韦特海默经常这样说，那些上吊自杀的人是最可鄙的，他也这样说过，我想，让人震惊的是，他经常谈及自杀，而且说的时候，在某种程度上总是，我得说，在取笑自杀者，总是客观地谈论自杀和自杀者，仿佛所谈的内容与他没有任何关系，他的人生道路绝不会出现这样的问题。他经常说我是一个有可能自杀的人，我在去特赖西的路上，想起他说过的话，说我是处在危险状态的人，而非他。他也相信他妹妹会自杀，可能因为他最了解他妹妹，比任何人都熟悉他妹妹绝对走投无路的境地，因为他认为，如他经常所说，他看透了他的"宠儿"。但他的妹妹没有自杀，到瑞士与那位杜特韦勒先生结婚去了，我想。韦特海默自己最终自杀了，是以一向他认为的那种令人厌恶和反感的方式，而偏偏又是在瑞士，然而他的妹妹去了瑞士，嫁给了那里的阔佬杜特韦勒，而不是自杀，他自己也去了瑞士，在齐策斯一棵树上自缢，我想。他本来要在霍洛维茨教授指导下学习，我想，却被格伦·古尔德毁灭了。格伦是在对其最理想的时刻去世的，韦特海默则不是在对其最理想的时刻自杀的，我想。假如我确实还要再试图撰述格伦·古尔德，我想，那么我在其中必须有格伦对韦特海默的描述。谁是我描述的中心，格伦·古尔德还是韦特海默，我想。我将从格伦·古尔德出发，从《哥德堡变奏曲》和声响悦耳的钢琴出发，但是对韦特海默的描述在其中要起决定性作用，对于我来说格伦·古尔德总是与韦特海默联系在一起的，不管在哪方面，反之，韦特海默总是和格伦·古尔德联系在一起。总而言之，也许格伦·古尔德在与韦特海默的关系中总是起着更为重要的作用，而不是相反。这关系的确起源于霍洛维茨教学班，我想，在利奥波德斯克龙的雕刻家之屋，那是二十八年前，我们互不相识，是从四面八方走到了一起，这对之后的人生道路具有决定性的意义，我想。韦特海默的钢琴是贝森朵夫，格伦·古尔德的钢琴是施坦威，我想，格伦·古尔德有《哥德堡变奏曲》，而韦特海默有《赋格的艺术》，我想。格伦·古尔德肯定不把自己的天才归功于霍洛维茨，我想，但是韦特海默毫不犹豫地把他的沉落与毁灭归咎于霍洛维茨，我想，韦特海默是冲着霍洛维茨这个名字来到萨尔茨堡的，否则他永远不会到这里来，无论如何不会在这个厄运当头的年份。而《哥德堡变奏曲》本来目的在于，让一辈子因失眠而痛苦不堪的人感到失眠症变得可以忍受，我想，这支乐曲却要了韦特海默的性命。谱写这支乐曲原本是要愉悦心情，但在近二百五十年后，把一个绝望的人，即韦特海默，杀害了，我在去往特赖西的路上想。如果韦特海默二十八年前没有经过莫扎特音乐学院二楼三十三号房间，据我的记忆正好是下午四点钟，他就不会二十八年后在库尔附近的齐策斯上吊自杀，我想。韦特海默的厄运在于，就在他经过莫扎特音乐学院二楼三十三号房间的时候，格伦·古尔德恰好在那里弹奏所谓咏叹调[1]。韦特海默后来把他的经历讲给我听，说他站在三十三号房间门前，听着格伦演奏，直到咏叹调结束。当时我就明白了，这是怎样一种惊骇，我现在想。格伦·古尔德是否所谓神童，我们，韦特海默和我，并不明确，假如我们对此有所了解，也不会认真对待，我

---

1 《哥德堡变奏曲》全曲三十二个部分，最开始是一段咏叹调，接着以此为主题做三十次变奏，最后主题再现。

想。格伦·古尔德不是神童，他从一开始便是一位天才，钢琴上的天才，我想，对童年的格伦·古尔德，称他为大师，已经不够了。我们，韦特海默和我，在乡村都有自我隔离的房子，可以躲到那里去。格伦·古尔德也有这样的隔离间，他如此称呼自己的工作室，是他自己建造的，在美国纽约附近。如果说他称韦特海默为沉落者，那么我就称他格伦为非接受者，我想。一九五三年，这一年对韦特海默不能不说是灾难之年，因为一九五三年格伦·古尔德在利奥波德斯克龙我们的雕刻家之屋，只为我们俩，韦特海默和我，演奏了《哥德堡变奏曲》，那时他还没有通过演奏这支乐曲崭露头角，一举成为闻名全世界的钢琴天才。一九五三年格伦·古尔德毁灭了韦特海默，我想。一九五四年，我们没有听到任何关于他的消息。一九五五年，他在音乐节上演奏了《哥德堡变奏曲》，韦特海默和我在升降舞台布景的梁格上听了他的演奏，一起在那里听的还有不少布景工人，他们平常没有机会去听钢琴音乐会，我们都被格伦·古尔德的演奏深深感动。格伦，还是那样满身大汗，格伦，加拿大的美国人，毫不掩饰地称韦特海默为沉落者，格伦，像在甘斯霍夫那样地笑着，之前和之后我都没有听过任何一个人有如此这般的笑声，我在韦特海默面前想，这位正好是格伦的对立面，我无法描述这个对立面，但如果我再次开始撰述格伦，我将尝试去做，我想。我将把自己关在普拉多大街的住所里写关于格伦的文章，这样，我也就自然而然地看清楚韦特海默了，我想。通过写格伦我就把韦特海默看明白了，我在去往特赖西的路上想。我走得太快，走得喘不过气来，这是我的老毛病，这个毛病折腾我二十多年了。通过写这一位（格伦·古尔德），就把另一位（韦特海默）看清楚了，我想，通过一再听这一位（格伦）的《哥德堡变奏曲》（和《赋格的艺术》），以便能够写写他的音乐，我将对另一位（韦特海默）的艺术（或者非艺术！）越来越了解，并可以付诸文字，我想，我忽然渴望去马德里，去我那普拉多大街，去我的西班牙住所，我还从来没有如此渴望一个地方。从根本上说，这次去特赖西的路是让人沮丧的，如我一直想象的那样毫无意义。或者并不是如我此刻所想的完全没有意义，我边想边加快脚步朝特赖西走去。那座狩猎屋我见过，我的第一印象是它没有变化，第二印象，它想必对像韦特海默这样一个人是理想的住房，可实际上对他来说从来不是，恰恰相反，如同德瑟布伦之于我，从来就与理想不沾边，我想，尽管表面上看，仿佛对我（以及我这一类人）是特别合适的。我们看见一座建筑物，以为对于我们（以及我们这一类人）是理想的，却根本就不是理想的，对于我们以及我们这一

169

类人根本不适用。对人的看法也是如此。我们看到一个人，以为对我们来说是理想的人，我想，而实际上，他根本就不是我们认为的理想的人。我推测特赖西的房子是上了锁的，事实并非如此，花园门是开着的，从远处看，房屋的门也是开着的，我立刻通过花园走进了房屋。我认识的那位伐木工人弗兰茨（姓科尔洛泽）与我打招呼，他说，他今天早晨才听说韦特海默去世的消息，大家都大吃一惊。韦特海默的妹妹通知我们，她明天来，那位杜特韦勒太太。他让我往里走，他已经把各个房间的窗户都打开了，让新鲜空气进来，他说。很不凑巧，他的同事都到林茨去了，要走三天，他现在一个人在特赖西，所幸的是，您来了，他说。他问我要不要喝水，他立刻记起来，我是个爱喝水的人，不，我说现在不喝，我在旺克哈姆那家我打算入住的旅店喝了茶。弗兰茨说，韦特海默像往常一样，说只是出去两三天，不过他说了，他要去库尔他妹妹那里。弗兰茨说，他没觉得韦特海默这次出行有任何值得注意或不同寻常的迹象，他开车离开了特赖西，弗兰茨说，他就是驾车到阿特南-普赫海姆的，这辆汽车肯定这会儿还停在火车站广场。弗兰茨计算了一下，他的雇主去瑞士已经整整十二天了，到从我这里听说韦特海默去世的消息，他的主人已经去世十一天了。我对他说，是上吊自杀的。他，弗兰茨，现在担心，韦特海默这个给他饭碗的人去世后，特赖西的一切可能发生很大的变化，再加上杜特韦勒夫人是个古怪的人，他没有说他会害怕这位夫人到这里来，但他的确提到担心她将会在她瑞士丈夫的影响下，把这里的情况彻底改变，她可能把特赖西这处房产卖掉，弗兰茨说，她嫁去了瑞士，而且丈夫是一位阔佬，她还要特赖西干什么。特赖西这处房产是她兄长的，完全按照他的意图扩建、安排和设置，让其他任何一个人来住，都一定会觉得别扭的，我想，按照他的方式，只有他住着合适。韦特海默的妹妹在这里从来未感到舒适过，她的兄长，弗兰茨说，也从来不让她在这里依照她自己的想法生活，她有关特赖西的一切愿望韦特海默都不让得到满足，每逢她想要根据自己的趣味做些改变，这想法总是被她兄长扼杀在萌芽中，弗兰茨说，韦特海默的妹妹在特赖西是总受气的可怜人。弗兰茨说，他认为，杜特韦勒夫人肯定恨这个地方，她在这里没有过上一天好日子。他记得有一次韦特海默的妹妹没有事先问一下，就把她兄长房间的窗帘给拉开了，这位兄长火气冲天，把他妹妹从房间里赶了出去。他妹妹想请客他也禁止，弗兰茨说，他妹妹甚至不能按照自己的意愿决定穿什么衣服，只能总是按照她兄长的喜好，就是在天气特别冷的时候，她也不能戴蒂罗尔帽，她兄长恨这种帽子，据我所知他恨与民族服装有关的一切，他本人从来不穿戴哪怕看上去与民族服装有一星半点儿相关的服饰，因此他的穿戴在这个地方自然总是很显眼。在这里大家都穿民族服装，尤其是用蒂罗尔厚呢料制作的。这里，阿尔卑斯山前丘陵地带，天气很糟糕，需要穿厚实的衣服，这种呢料子做的衣服的确再理想不过了，我想，地方服装，以及稍许与此相关联的一切，他都无比厌恶。有一回，他妹妹想要搭伴邻居去贝克尔贝格，那里五月一日有舞蹈演出，韦特海默断然拒绝了妹妹的请求，弗兰茨说。当然，他妹妹更不能去参加神父举行的什么活动，韦特海默憎恨天主教，而他妹妹，我也知道，最近几年几乎成了虔诚的教徒。韦特海默有一个习惯，半夜里喊他妹妹到他房间，用他房间里那架旧风琴弹奏亨德尔，这个弗兰茨的确说的是亨德尔，发音也不错。于是他妹妹夜里一两点钟起床，穿着睡袍到他的房间坐到风琴前，在冷飕飕的房间里弹奏亨德尔，弗兰茨说，结果当然是，他说，他妹妹着凉了，在特赖西没完没了地感冒。可以说，韦特海默虐待他妹妹，弗兰茨说。他让他妹妹在夜里为他弹琴，用那架旧风琴弹一个小时的亨德尔，弗兰茨说，早晨一起在厨房吃早点时，韦特海默对他妹妹说，她弹的琴让人无法忍受。他让他妹妹弹琴，目的是重新入睡，弗兰茨说，韦特海默先生长期患失眠症，接着，他又在早晨对他妹妹说，她弹起琴来像头母猪。韦特海默总是强迫他妹妹到特赖西来，他，弗兰茨，甚至相信韦特海默恨他妹妹，但是没有他妹妹，他在特赖西又无法生活，我想，韦特海默总是谈论单身独处，可是又的确无法一个人生活，他不是一位孤独生存者，我想，所以他虽然恨他的妹妹，但在这个世上，他没有对什么人像对他妹妹那样爱，总是把她带到特赖西，以他的那种方式利用她。天气冷了，弗兰茨说，韦特海默让他妹妹给他的房间生火取暖，而他又不允许他妹妹为自己的房间生火取暖。他妹妹去散步，也总是由她兄长规定方向，由她兄长规定时间长短，不能自作主张，要绝对照办，弗兰茨说。她大部分时间坐在自己的房间里，不能听音乐，这对她伤害很大，她很喜欢放张唱片听听，但她兄长不能容忍。弗兰茨还记得当年韦特海默兄妹俩是快乐的儿童，对什么都感兴趣，弗兰茨说，狩猎屋就是这俩孩子最喜欢的游乐场。纳粹时代，弗兰茨说，韦特海默家流亡英国，他们在特赖西的房子住进了一位纳粹官员，这里的人都感到战战兢兢，房子日渐破旧，这位官员只管居住，什么坏了也不修理，任其自行破败，这是一位落魄的纳粹伯爵，什么都不懂，弗兰茨说，把特赖西几乎给毁掉了。韦特海默一家从英国返回，首先到维也纳，过了很久才来到特赖西，弗兰茨说，

173

完全不关心外界的事情，深居简出，跟周围的人不来往。他，弗兰茨，又在韦特海默家做事了，在报酬方面他无可挑剔，在纳粹统治时期，在韦特海默家待在英国的整段时间，他一直对这个家庭忠心耿耿，让韦特海默一家深感满意，他说。他在所谓纳粹统治期间，对这家人房产的关心超过了纳粹容许的限度，他说，这使他不仅受到纳粹当局的警告，而且在韦尔斯还坐了两个月的监牢，从此他恨韦尔斯这个地方，不再去那里，也不参加那里举办的节庆活动。韦特海默不允许他妹妹去教堂，弗兰茨说，但是他妹妹偷偷地去那里做晚祷。韦特海默兄妹的父母没有在这里生活多久，与我一起站在厨房的弗兰茨说，他们过早地遭遇了不幸。他们想要去梅拉诺，弗兰茨说。韦特海默老先生其实不想去，但夫人想去，他说。出事的那辆车是发生不幸两周后才找到的，掉进了布里克森附近的山谷里，他说。他们在梅拉诺有亲戚，我想。早在韦特海默的曾祖父那会儿，弗兰茨就在韦特海默家做事，他说。弗兰茨的父亲受雇用时，也是终生的契约。主人们对在这里做事的人都很好，没有任何不公正和欺凌的举动，自然这些人对他们的雇主也有很好的评价，弗兰茨。他无法想象特赖西将会变成什么样子。弗兰茨想知道我怎样看待杜特韦勒先生这个人，我只是摇摇头。弗兰茨说，韦特海默的妹妹可能到特赖西这里卖掉这处房产。我说，我不相信，我绝对不能相信杜特韦勒太太会这样做，尽管我心里想，她要卖这里的房子毫无疑问是可能的，但是我没有把我心里想的告诉弗兰茨，我对他明确地说，不，我不相信杜特韦勒太太会卖掉这处房子，我的确不这样想。我想安慰弗兰茨，他现在担心失去长期以来维持生计的这份工作。很可能杜特韦勒夫人，韦特海默的妹妹，到特赖西来卖掉这里的房产，很可能以最快的速度出手，我想，可是我对弗兰茨却说，我坚信韦特海默的妹妹，我朋友的妹妹，我特别强调，不会卖掉房子，他们，杜特韦勒夫妇，有足够的钱，我对弗兰茨说，他们没有必要卖掉这处房产，同时，我心里想，正因为他们有钱，他们也许会想尽快把这处房产脱手，他们肯定不会卖掉这处房产，我嘴上说，心里想的是，他们甚至会立刻处理掉这处房产，但我却对弗兰茨说，他可以放心，特赖西不会有什么变化，而我心里想，这里很可能很快发生天翻地覆的变化。杜特韦勒夫人到这里来处理该处理的一切，我对弗兰茨说，掌管起这份遗产，我说，并问弗兰茨，杜特韦勒夫人自己来，还是与杜特韦勒先生一起来。他说，他也不知道，杜特韦勒夫人没有通知他。我喝了一杯水，边喝边想，在特赖西我喝的水，是我一生中喝过的水质最好的水。韦特海默在去瑞士前，有两周邀请

175

了许多人到特赖西，这些人走后，弗兰茨和他的同事用了好几天时间才把房间恢复到原来的样子，都是些维也纳人，没有来过特赖西，可显然都是他主人的朋友。关于这个情况，我已从狄希特米勒女老板那里有了些了解，我说，这些人出来进去，在这个地方闲荡，艺术家，我说，可能还有音乐家，我想，这些人是否就是韦特海默的同学，大学同学，在维也纳和萨尔茨堡学音乐时期的同窗。到头来，我们回忆起与我们一起读大学的同学，邀请他们相聚，无非是要确认我们与他们没有一丁点儿共同之处，我想。韦特海默也邀请了我，我这时想起来，那是一种不容分说的请求，强硬的邀约。我想到他寄来的信，尤其是寄到马德里的最后一张明信片，我现在当然感到很内疚，因为我当时只把这份艺术家邀请函与我自己联系起来，他只字未提同时还邀请了这些人，我想，有这些人到特赖西，我是不会前来赴约的，我心里说。韦特海默这个家伙，他到底是怎样想的，从来不想让任何人到特赖西的他，突然邀请了一二十号人，而且是他一直憎恶的当年的大学同学；每逢谈及这些人，至少可以感到他对他们的轻蔑，我想。上面曾提到女老板关于此事的讲述，她只看到这些人穿着扎眼的所谓艺术家的奇装异服，怪模怪样谈笑着在大街上行走，最终甚至骚扰闹事，女老板只是讲了这些表面现象，我现在忽然觉得似乎明白了什么：韦特海默把昔日大学同窗邀请到特赖西，没有马上把他们赶走，而是任凭他们几天甚至几周在这里胡闹。这个事情在我看来不可理解，韦特海默几十年都不理睬这些同学，从来不想听到关于他们的情况，就是做梦也不会想到他有一天会把这些人请到特赖西，而现在，他却公然主动与他们接近，我觉得他这是在跟自己作对，这次怪诞的邀请行为与后来的自杀肯定存在某种联系，我想。这些人把这里很多东西给毁了，弗兰茨说，韦特海默跟他们一样放纵自己，让弗兰茨都觉得好生奇怪，在这些天、这些星期里，跟这些人在一起的韦特海默好像变成了另一个人。弗兰茨还说，这些人在特赖西闹腾了两个多星期，韦特海默竟都忍受了，他的确说了忍受这个词，女老板谈到维也纳来的这些人也同样这样说。这些人每个夜晚都不停地折腾，每天都喝得醉醺醺的，这些人终于走了，韦特海默躺到床上，两天两夜没有起来，弗兰茨说，他在这期间把房子里里外外收拾一遍，把城里人留下的垃圾和污秽清理掉，整个房子又可以让人居住了，省得韦特海默醒来，看到那又脏又乱一片狼藉的景象，弗兰茨说。弗兰茨感到特别新奇的是，韦特海默让人从萨尔茨堡运来一架钢琴自己弹奏，这件事肯定也值得我注意。这是在维也纳那些人到来的前一天，韦特海默在萨尔茨堡订购一架钢琴让人运到特赖西，他便立刻在钢琴上弹奏起来，先是弹给自己听，那些人来了之后，便给他们演奏巴赫，弗兰茨说，他给他们演奏亨德尔和巴赫，他应该有十年没有弹这些曲子了。韦特海默坐在钢琴前，弗兰茨说，无休无止地弹奏巴赫，以至于那些人实在无法忍受，全都走到外面去了。待到那些人回来，他就又开始演奏巴赫，那些人不得不又走出去。也许韦特海默就是想用弹琴使那些人发疯，弗兰茨说，他们刚走进房门，他就又弹起巴赫和亨德尔，直到他们再次无法忍受，跑到房外。每逢他们从外面回来，就不得不忍受那钢琴弹奏的声响。就这样过了两个多星期，弗兰茨说，他不久想必会认为他的主人发疯了。他曾想，客人们忍受不了多长时间，韦特海默老是弹奏钢琴，但是他们竟然待了两周，待了两周多的时间，没有一个人因此离开，他，弗兰茨，看到韦特海默确实用没完没了地演奏钢琴弄得客人发疯，心里怀疑韦特海默向客人们行贿了，为了使他们留在特赖西，他给了他们钱，不贿赂这些人，不使上钱，弗兰茨说，他们肯定不会在这里待两个多星期，就这么让韦特海默把他们烦扰得神经都不正常。我想，弗兰茨可能说得对，韦特海默给这些人钱了，贿赂了他们，如果不是用钱，也是用了别的什么，所以这些客人能在这里待上两周，甚至两周多。韦特海默肯定想要这些客人在他家里待上两个多星期，我想，否则，他们不会在这种情况下逗留两周多的时间。我太了解韦特海默了，他能干出这种事情来，我想。总是弹奏巴赫和亨德尔，弗兰茨说，没完没了，不厌其烦。最后韦特海默为所有这些客人在楼下大餐厅举办，像弗兰茨说的那样，丰盛的晚宴，对客人说，明天清早他们都必须从这里消失，弗兰茨说，他听得清清楚楚，韦特海默对客人说，明天早晨他不想再看到他们。他的确为他们所有的人从阿特南-普赫海姆预定了第二天一大清早四点钟的出租车，无一例外，他们大家乘出租车离开了特赖西，身后留下的房屋状况简直不堪入目。他，弗兰茨，立刻着手清扫整理房间，他当时当然不会知道，他说，他的主人会在床上躺两天两夜，幸亏他疲劳得睡了这么长时间，弗兰茨说，如果韦特海默看见这些客人把房子弄得多么糟糕，他一定会中风昏倒，这些客人的确还故意破坏了不少东西，弗兰茨说，在离开特赖西之前，把沙发椅甚至桌子掀翻，打碎了一些镜子和玻璃门，他们要发泄早已扭曲的情绪，弗兰茨说，或者出自愤怒，韦特海默如此这般滥用了他们，我想。我和弗兰茨走上二楼后，我看到，在那个有十年之久一直空荡的地方，现在的确立着一架钢琴。我对韦特海默遗留的文稿、笔记感兴趣，我在下面厨房里曾对弗兰茨讲，他就毫不迟疑地把我带到二楼。

钢琴是一架埃尔巴，没有多大价值，根据我的判断，琴音严重失准，绝对不能供专业使用了，我想。我转身对站在我后头的弗兰茨说，这架钢琴也只能给业余爱好者玩玩。我一时无法控制自己，坐到钢琴前，但又立即把琴盖放下。我对弗兰茨说，我对韦特海默那些写满了字的纸条感兴趣，他是否能告诉我这些东西在什么地方。他不知道我指的是什么样的纸条，他说，然后还是告诉了我这样一个情况：韦特海默向萨尔茨堡莫扎特音乐学院订购钢琴那天，也就是他邀请许多人到特赖西的前一天，这些人后来把这房子弄得一塌糊涂，我们之前已经说了，就在这一天韦特海默把大堆纸条拿到楼下扔进了火炉里，就是餐厅里的火炉里，烧掉了。弗兰茨帮助了他的主人，那一卷一卷的纸条又大又重，他的主人一个人无法把它们从楼上搬到下面。韦特海默从抽屉里和书柜里把成千上万的纸条拿出来，和弗兰茨一起把这些东西搬到餐厅里烧毁，在这一天，韦特海默早晨五点就让弗兰茨把餐厅的炉子生起火来，弗兰茨说。把所有这些纸条，所有上面写着字的纸条，弗兰茨说，都烧毁了，然后，韦特海默立刻打电话到萨尔茨堡订购钢琴，弗兰茨现在还记得很清楚，电话中他的主人一再强调要一架完全没有价值、琴音极其失调的钢琴。一架完全没有价值、琴音极其失调的钢琴，韦特海默在电话里一再重复，

180

弗兰茨说。几小时后，四个人就把钢琴运到了特赖西，搬到了音乐室，韦特海默给了他们一笔可观的小费，如果他没有看错的话，他说，他没有看错，那是两千奥地利先令。搬运钢琴的人还没有走，弗兰茨说，韦特海默就坐到钢琴前开始弹奏，那琴声实在难听得可怕，弗兰茨说。他看他主人的样子，心想这人是发疯了。但是他怎么也不相信他的主人会发疯，因为韦特海默平常做事就是神神道道，弗兰茨就没有把眼前的情形太当一回事。如果我还要听更多的情况，他会把这里接下来几天或几周的事情讲给我听。我请弗兰茨让我一个人在韦特海默的房间里待一些时间，我看到韦特海默的电唱机还敞开着，上面放着《哥德堡变奏曲》的唱片，于是我启动了电唱机。

极端追求完美与反理性深渊——译后记

　　伯恩哈德作品的主人公，在文化艺术方面，经常是作家、戏剧家、演员、画家、哲学家等，唯独还没有音乐家。《沉落者》这部小说以 20 世纪世界著名的钢琴大师格伦·古尔德作为主要人物，这位加拿大天才钢琴家以演奏巴赫的《哥德堡变奏曲》蜚声世界。1982 年，正值艺术顶峰之际，格伦·古尔德患脑溢血去世。媒体十分关注，报刊、广播、电视以及互联网等都纷纷发表报道和评论。文学、戏剧、舞蹈、美术界更是争相推出作品表现这位音乐奇才怪杰。小说家也不甘落后，不少作家直接或间接地把古尔德作为描写对象，比如乔伊·威廉姆斯、莉迪亚·戴维斯就把格伦·古尔德写进了他们的短篇小说。

　　奥地利作家托马斯·伯恩哈德，很明显，看中的是古尔德在事业上极端主义地追求完美，他作为音乐家拒绝与听众交流，最终他的音乐活动退缩到录音室，以及他只与音乐为伴的生存方式。除了他是成功者这一点，格伦·古尔德十分符合伯恩哈德作品主人公的特征。格伦·古尔德逝世不久，伯恩哈德就动手写《沉落者》这部小说，应该是在 1982 年 12 月至 1983 年 4 月之间完成的，属于作者写得比较顺畅、快速的作品之一。

小说主要有三个人物：讲述者"我"、古尔德和韦特海默。情节很简单，他们三个人曾在萨尔茨堡莫扎特音乐学院参加钢琴大师霍洛维茨的钢琴教学班。韦特海默偶然听到格伦·古尔德演奏《哥德堡变奏曲》，受到致命打击，他听到的已经不是精湛的钢琴技艺，而是手指和琴键、人和琴融为一体所产生的美妙旋律，带着体温和心声的对几百年前巴赫音乐的独特、具有洞见的诠释，韦特海默立刻感到无法在攀登钢琴艺术的道路上走下去了，在古尔德去世后不久便自杀身亡。讲述者"我"也放弃了成为钢琴大师的追求，投身写作论述格伦·古尔德的文章，在此过程中，他越来越明白韦特海默的人生和自杀的原因。

小说在叙述过程中，仍然呈现出伯恩哈德小说的叙事特色：音乐性和夹叙夹议。议论了所谓精神大师，比如康德、尼采，如果我们仔细研读他们的作品，最终我们看到的只不过是一个"由夜和雾组成的模糊世界"，这些大师"早就胡子拉碴地出现在我们那种带把的大啤酒杯上了"。还比方说讲到瑞士的堕落，奥地利的狭隘；讲到司法机构的不公正，陪审团根本不秉公执法，等等；还有音乐大学生，毕业后如何以所谓音乐教育者的身份混迹于社会，依赖毫无天分的学生及其望子成龙的家长维持着衣食无忧、鄙陋的生存。

但这本书主要表现的是艺术家极端、绝对的对完美的追求。格伦·古尔德的钢琴极端主义，他为实现艺术完美目标忘我地、肆无忌惮地修炼异化了他，最终他期望的是成为施坦威，他说，归根到底，一辈子都想要成为钢琴，而不是人。他梦想有一天，格伦·古尔德和施坦威成为一体，而不是巴赫与施坦威之间的中介者。对绝对目标的无限追逐必然导致暴力。格伦·古尔德发现窗外有棵树影响他练琴，立刻取来铁斧和钢锯将其伐掉，人们都以为艺术家手无缚鸡之力，但格伦·古尔德在排除障碍时，俨然一位大力士，顷刻间，树干直径超过半米的大树便不复存在。后来他发现，其实此举并非必要，只消拉上窗帘就解决问题了。但是，天才古尔德要建立秩序，要排除阻挡他达到目的的一切障碍。随着一步步接近巅峰，他几乎不能容忍周围有他人存在。他厌恶所谓邪恶的观众，不举办音乐会，把自己关在森林中的录音室，只与巴洛克时代伟大的音乐家巴赫一起居住，最后，这位厌恶整个人类的音乐天才因为脑溢血孤独地死在他的钢琴上。另一位，韦特海默，一心要成为最杰出的钢琴大师，而不是之一，当他偶然听到格伦·古尔德演奏的《哥德堡变奏曲》，深知古尔德的水平他无法企及，但又不甘心，于是，这位格伦·古尔德眼中的沉落者，把无法实现终极目标的一腔怒火喷射到了他妹妹身上。妹妹不堪哥哥这位独裁者、暴君的统治，冲出牢笼，嫁到了瑞士。韦特海默不甘心失败，乘车去瑞士，在妹妹家旁边的树上上吊自杀，以此报复妹妹对他的反抗。讲述者"我"也是雄心勃勃，要在钢琴技艺上追求非凡的建树。当他意识到无法让自己成为独一无二的大师，便选择了放弃，把心爱的价值不菲的钢琴赠送给偏僻小镇教师的女儿任其糟蹋。他认为每个人都是独一无二的，对于自己他就是历来最伟大的艺术作品，为了独一无二不必一定要是天才，于是便投入撰述格伦·古尔德的工作中去，倾听着《哥德堡变奏曲》，逐渐明白韦特海默为什么不可救药地沉落，直至自杀身亡。

伯恩哈德的小说象征性地揭示，艺术和政治的极端主义有着令人难堪的相似之处。天才艺术家肆无忌惮地超越人的能力界限的同时，也超越了道德上所能允许的范围。高度发达的精神并不意味着就远离了原始的荒蛮，因为极端地、无休止地追求完美的目标，终将导致理性的丧失和心田的冷酷。在这个意义上，这部小说，除了幽默风趣、富于音乐旋律的叙述使人愉悦外，它的深邃的寓意也很耐人寻味。

格伦·古尔德在书中是作者伯恩哈德笔下的一个人物，不能把他与现实中的那位上个世纪的天才钢琴家等同起来，比如格伦·古尔德并没有在萨尔茨堡参加过什么教学班，他因为演出只去过一次维也纳、两次萨尔茨堡，平生没有与钢琴大师霍洛维茨见过面。他因脑溢血逝世，但是在病院，而不是钢琴上。《沉落者》中格伦·古尔德的钢琴极端主义还没有达到走火入魔的程度，不能与托马斯·曼《浮士德博士》中与魔鬼签约的阿德里安·莱韦屈恩相提并论，但是即使如此，伯恩哈德的小说也让我们不得不思考，艺术天才，尤其是处于魔性领域的音乐天才，如果把肆无忌惮地追求完美和巅峰视为自己的绝对目标，那么，他们的生存，就不再是他们生存，而是他们被生存，就容易导致堕入反理性主义，甚至仇视人类的深渊。

最后，我想说说这本书的题目，原文是 *Der Untergeher*，作者开始曾以 *Chur*（《库尔》）和 *Der Asphaltgeher*（《柏油路行走者》）为此书命名，前者作为书名甚至已设计了封面，最终改为 *Der Untergeher*，英译本翻译成 *The Loser*（《失败者》）。我开始译成《下行者》，考虑到伯恩哈德有一本书题目为《行走》，突出讲到行走和思考。《沉落者》中的韦特海默曾以不断地行走来排解因无法实现人生目标造成的郁闷和不幸，格伦·古尔德与他初识就称他为 Untergeher（这个德文词按照其构成有往下走，下落、下行的意思，可引申为毁灭者和失败者），而且说他越来越往下。但是作为书名，如果没有上述的背景知识，《下行者》不是很容易让人理解，考虑再三，决定将书名译成《沉落者》，其中包含了德文词的原义和引申义，相比之下更妥当些。

马文韬

2022 年酷暑于芙蓉里

托马斯·伯恩哈德生平及创作

1931　托马斯·伯恩哈德生于荷兰海尔伦。母亲赫尔
　　　塔·伯恩哈德与阿洛伊斯·楚克施泰特未婚怀孕。
　　　赫尔塔于 1930 年夏离开奥地利，到荷兰打工做保
　　　姆，1931 年 2 月 9 日生下托马斯。操木匠手艺的
　　　生父不承认这个儿子，逃脱责任去了德国。这年秋
　　　天，母亲将托马斯送到维也纳她父母家里。

1935　外祖父母迁居奥地利萨尔茨堡州的泽基尔兴，外祖
　　　父约翰内斯·弗洛伊姆比希勒是位作家，很喜欢托
　　　马斯这个外孙。

1936　母亲赫尔塔与理发师埃米尔·法比安在泽基尔兴结婚。

1937　继父法比安在德国巴伐利亚州找到工作，母亲带托
　　　马斯随后也到了那里。

1938　生父楚克施泰特与他人结婚。母亲生下彼得·法比
　　　安，托马斯的同母异父弟弟。

1940　母亲生下苏珊·法比安，托马斯的同母异父妹妹。

生父楚克施泰特在柏林自杀。

1941	母亲与托马斯不睦，托马斯作为难以教育的儿童被送到特教所。
1943—1945	在萨尔茨堡读寄宿学校，经历了盟军对萨尔茨堡的轰炸。
1946	法比安一家被逐出德国，移居萨尔茨堡。一大家人包括外祖父母，挤在拉德茨基大街两居室单元房里。托马斯读高级中学。
1947	托马斯辍学，在萨尔茨堡贫穷的居民区一家位于地下室的食品店里当学徒。
1948—1951	托马斯患结核性胸膜炎，后来加重发展成肺病，在多处医院住院治疗，在寂寞、无聊，甚至绝望中，他开始了阅读和写作。
1949	外祖父去世。
1950	结识斯塔维阿尼切克医生的遗孀——比他大三十七岁的黑德维希·斯塔维阿尼切克女士，她直至1984年逝世始终支持伯恩哈德的文学活动。通过这位居住在维也纳的挚友，正在开始写作的伯恩哈德接触了奥地利首都的文化界。伯恩哈德在他的散文作品（亦称小说）《维特根斯坦的侄子》中借助主人公"我"说，"我有我的毕生恩人，或者说我的命中贵人，在外祖父去世后她是我在维也纳最重要的人，是我毕生的朋友……坦白地讲，自从她三十多年前出现在我身旁那个时刻起，可以说我的一切都归功于她"，这就是伯恩哈德对这位女士的评价。伯恩哈德的母亲去世。

190

1952	发表文学创作处女作：诗歌《我的一块天地》，刊登在《慕尼黑水星报》上。
1952—1955	通过著名作家卡尔·楚克迈耶的介绍，担任萨尔茨堡《民主人民报》自由撰稿人。与斯塔维阿尼切克女士一起到意大利威尼斯、南斯拉夫等地旅行。
1955—1957	在萨尔茨堡莫扎特音乐学院学习声乐和表演。
1957	发表第一部著作：诗集《世上和阴间》。
1960	参加戏剧演出。
1963	散文作品《严寒》由德国岛屿出版社出版，引起德语国家文学评论界的注目，报界认为这是文学创作一大重要成就。到波兰旅行。
1964	发表短篇《阿姆拉斯》。获尤利乌斯·卡姆佩奖。
1965	在上奥地利州的奥尔斯多夫购置一处旧农家宅院，后来又在附近购置两处房产，整顿和装修持续了几乎十年。由于伯恩哈德的身体状况，医生要他经常去欧洲南部有阳光和空气清新的地方，实际上他很少住在奥尔斯多夫这一带，但是这些地方成为他作品里人物活动的中心。获德国自由汉莎城市不来梅文学奖。
1967	发表长篇《精神错乱》。获德国工业联邦协会文化委员会文学奖。由黑德维希·斯塔维阿尼切克女士资助，伯恩哈德住进维也纳一家医院治疗肺病。从此黑德维希伴随伯恩哈德经历了他生活中的喜怒哀乐。她成为伯恩哈德生活的中心，反之亦然。在《历代大师》中，主人公雷格尔回忆妻子的许多话语反映出伯恩哈德与她之间的关系。

1968 发表散文作品《翁格纳赫》。获奥地利国家文学奖和安东·维尔德甘斯奖。

1969 发表散文作品《玩牌》、短篇集《事件》等。

1970 第一个剧本《鲍里斯的节日》由德国著名导演克劳斯·派曼执导，在汉堡话剧院首演，之后德语国家许多知名剧院都将该剧纳入演出计划。后来派曼应邀到维也纳执导多年。伯恩哈德的杰出戏剧成就在某种程度上得益于这位导演的艺术才华。同年发表散文作品《石灰厂》。获德国文学最高奖毕希纳奖。

1971 到南斯拉夫举行朗诵作品旅行。发表散文作品《走》和电影剧本《意大利人》。

1972 由派曼执导的《无知者和疯癫者》在萨尔茨堡艺术节首演，由于剧场使用方面的一个技术问题与萨尔茨堡艺术节主办方发生争执，该剧被停演。获弗朗茨·特奥多尔·乔科尔文学奖和格里尔帕策奖。退出天主教会。

1974 戏剧作品《狩猎的伙伴们》在维也纳城堡剧院上演。《习惯的力量》在萨尔茨堡艺术节上首演。获汉诺威戏剧奖。

1975 自传性散文作品系列第一部《原因》问世。戏剧作品《总统》首演。发表散文作品《修改》。

1976 戏剧作品《著名人士》《米奈蒂》首演。发表自传性散文作品《地下室》。获奥地利联邦商会文学奖。萨尔茨堡神父魏森瑙尔把伯恩哈德告上法庭，指控《原因》中的人物弗朗茨是影射他，玷污了他的名誉。

1978　发表剧本《伊曼努尔·康德》、短篇集《声音模仿者》、散文作品《是的》(即《波斯女人》)，以及自传性散文作品《呼吸》。

1979　伯恩哈德以戏剧作品《退休之前》参加关于德国巴登–符腾堡州长是否具有纳粹背景的讨论。在联邦德国总统瓦尔特·谢尔被接纳进德国语言文学科学院后，伯恩哈德宣布退出该科学院，不再担任通讯院士。

1980　德国波鸿剧院首演《世界改革者》。

1981　戏剧作品《到达目的》首演。发表自传性散文作品《寒冷》。

1982　发表长篇散文作品《水泥地》《维特根斯坦的侄子》，以及自传性散文作品《一个孩子》。戏剧作品《群山之巅静悄悄》首演。

1983　散文作品《沉落者》问世。

1984　戏剧作品《外表捉弄人》首演。发表散文作品《伐木》引起麻烦，由于盖哈德·兰佩斯贝格声称名誉受到该作品诋毁而起诉了作者，该书被警方收缴。翌年兰佩斯贝格撤回起诉。进入 1980 年代，黑德维希·斯塔维阿尼切克健康状况变坏，1984 年病故，在维也纳格林卿公墓与其丈夫埋葬在一起。

1985　发表长篇散文作品《历代大师》。萨尔茨堡艺术节上演《戏剧人》。

1986　戏剧作品《就是复杂》在德国柏林席勒剧院首演。萨尔茨堡艺术节上演《里特尔、德纳、福斯》。发表篇幅最长的、最后一部散文作品《消除》，一出奥地利社会的人间戏剧，主人公的出生地沃尔夫斯埃格成为奥地利历史的基本模式。

1987	发表剧作《伊丽莎白二世》。
1988	由派曼执导的伯恩哈德的话剧《英雄广场》提醒人们注意50年前欢呼希特勒的情景并没有完全成为过去，由于剧情提前泄露引起轩然大波，奥地利第一大报《新闻报》抨击该剧"侮辱国家尊严"，某位政治家要求开除剧本作者的国籍，部分民众威胁作者和导演当心脑袋，演出推迟三周后才冲破重重阻力，于11月4日在维也纳城堡剧院首演，演出盛况空前，引起欧洲乃至世界的关注。
1989	2月10日伯恩哈德在遗嘱上签字，主要内容是在著作权规定的70年内禁止在奥地利上演和出版他已经发表的或没有发表的一切著作。由于长期患肺结核和伯克氏病，并出现心脏扩大症状，加之呼吸困难和心力衰竭，2月12日伯恩哈德在上奥地利州的格蒙登逝世。2月16日遗体安葬在维也纳格林卿公墓，与其命中贵人黑德维希·斯塔维阿尼切克女士及其丈夫葬在一起。

文景

社 科 新 知　文 艺 新 潮

Horizon

沉落者

[奥地利] 托马斯·伯恩哈德　著

马文韬　译

出 品 人：姚映然
责任编辑：高晓明
营销编辑：杨　朗
装帧设计：XYZ Lab

出　　　品：北京世纪文景文化传播有限责任公司
　　　　　　（北京朝阳区东土城路8号林达大厦A座4A　100013）
出版发行：上海人民出版社
印　　　刷：山东临沂新华印刷物流集团有限责任公司
制　　　版：南京展望文化发展有限公司

开 本：787mm×1092mm　1/32
印 张：6.25　　字 数：107,000　　插 页：2
2024年1月第1版　2024年5月第2次印刷
定 价：69.00元
ISBN：978-7-208-18360-5 / I·2094

图书在版编目（CIP）数据

沉落者 /（奥）托马斯·伯恩哈德
（Thomas Bernhard）著；马文韬译. —上海：上海人
民出版社，2023
　书名原文：Der Untergeher
　ISBN 978-7-208-18360-5

　Ⅰ. ①沉… Ⅱ. ①托… ②马… Ⅲ. ①长篇小说—奥
地利—现代 Ⅳ. ①I521.45

　中国国家版本馆CIP数据核字（2023）第113388号

本书如有印装错误，请致电本社更换　010-52187586